ISAAC CASTRO

MG42

KOTTER
EDITORIAL

Coordenação editorial: Sálvio Nienkötter
Editor-executivo: Daniel Osiecki
Editor-adjunto: Raul K. Souza
Editora-assistente: Francieli Cunico
Produção: Cristiane Nienkötter
Capa e Design editorial: Carlos Garcia Fernandes
Preparação de originais e revisão: Daniel Osiecki, o Autor

Dados Internacionais de Catalogação na Publicação (CIP)
Angelica Ilacqua CRB-8/7057

Castro, Isaac
MG 42 / Isaac Castro. -- 1. ed. -- Curitiba : Kotter editorial, 2021.
144 p.

ISBN 978-65-89624-49-3

1. Ficção brasileira 2. Guerra mundial, 1939-1945 - Ficção I. Título

CDD B869.3

21-2502

KOTTER EDITORIAL

Kotter Editorial Ltda.
Rua das Cerejeiras, 194
CEP: 82700-510 - Curitiba - PR
Tel. + 55(41) 3585-5161
www.kotter.com.br | contato@kotter.com.br

Feito o depósito legal
1ª Edição
2021

ISAAC CASTRO

MG42

Para Ivonísia, Isadora e Nora.

Quem forma os assassinos?
Outros assassinos?

Nísia Maria.

De onde vem a cinza que prospera?

É disso que se trata: um olho alienado que odeia. Ódio programado, alienação metódica, manipulação do olhar. Talvez não. Talvez fale da infância perdida num caldo de rancor difuso, suspenso na bruma, indefinível. No entanto, é possível que não seja esse o foco, mas algo sobre um mal atávico, predestinado a consumir os que figuram na história até o pó. Refletindo agora, passada a leitura fluida e hipnótica de *MG 42*, penso tratar-se do que discorri acima e muito mais.

A proposta de Isaac Castro é inusitada. Ele nos convida a olhar por uma fresta na lateral da casamata, de onde se observa uma faixa de praia à espera que o dedo aja e a morte prospere. O inimigo vem e a chacina começa. Diante do medo que as balas acabem, as lembranças do soldado nos são apresentadas numa seleção de recortes temporais sob a ótica da criança, do adolescente e do adulto. Mas não há boas lembranças. O passado é um lugar triste e sujo, com cheiro de ossos queimados.

A narrativa é pendular, afiada. Cortando e expondo os órgãos a cada passagem. Ela trincha o bom gosto do leitor e atiça sua curiosidade. Quem é o acumulador de corpos, o alfaiate dos destinos? Quem é esse que costura a imensa colcha de retalhos humanos sobre as areias? Outra questão: quem é o inimigo? Quem é você que aparece em minha alça de mira? O soldado sem nome não sabe. Ele também é uma máquina, precisa e impessoal.

Outra pergunta, ainda: de onde vem a cinza que prospera?

> *"Foi nesse momento que percebi de onde vinha o cheiro que inundava a cidade, de onde ele provinha e quem eram as pessoas que o formavam, quem gerava e espalhava o cheiro da morte sobre todos e sobre tudo, quem estava por trás das lágrimas e desespero da minha mãe, quem estava por trás do fracasso e estupidez do meu pai, quem havia formado o ódio dos garotos que mataram outro garoto, quem havia me sufocado e me amedrontado por todas as ruas enquanto eu dormia."*

Surpresa! Caímos na emboscada. A arte está na linguagem. O autor nos pegou, não há como escapar. O tecido de ficção nos entorpece, alicia. Não obstante, o sabor do texto está no ritmo, no não dito, no mistério. Castro é generoso na composição, deixando para o leitor muitos espaços para compor sentido, muitas deixas para usar a imaginação. O leitor, aqui, é um parceiro.

Então, diante de tantos cartuchos deflagrados, convido os amantes da boa literatura a presenciarem o morticínio. Venham e vislumbrem como se forjam os que assassinam de forma sistemática, sem humanidade, sem empatia. Mas calma. Não se trata da defesa do extermínio, mas um alerta sutil e profundo: as criaturas sibilantes que forjaram o inferno no tempo histórico sugerido por *MG 42* são as mesmas que rastejam e destilam seu veneno em nossos dias. Cuidado.

Severo Brudzinski

SUMÁRIO

1.

Abri meus olhos e vi milhares de barcos que avançavam rápidos por sobre as ondas, milhares de aviões que voavam rápidos pelo céu e milhares de homens que apontavam e engatilhavam suas armas diretamente para mim. Olhei para o lado e vi os olhos azuis e cheios de medo do soldado que estava ao meu lado, e ele também olhava para os mesmos barcos cada vez mais próximos, para os aviões cada vez mais baixos e velozes, para todos os homens que avançavam na nossa direção cheios de vontade e fúria, prontos para nos destruir, prontos para nos anular, prontos para nos matar sem ao menos olhar nos nossos olhos e sentirem todo o nosso medo, a nossa angústia e o nosso desespero que aumentava lentamente, a cada avanço de tudo que nos cercava, fosse humano ou não. E nesse momento, cerca de dez ou quinze segundos depois que abri os olhos e vi tudo que estava ao meu redor, apenas seres humanos para destruição e máquinas de destruição, que o soldado ao meu lado começou a atirar com o seu rifle sobre os barcos que se aproximavam, sobre os barcos que deslizavam carregando os soldados vindos de terras que jamais conheceríamos e nem queríamos conhecer, soldados que deslizavam para a sua morte e para a sua destruição sem ao menos pensar em fugir, soldados que não sentiam medo e que, caso sentissem algo além disso, não teriam nem mesmo tempo para sentir medo, sentiriam apenas a bala que atingiria alguma parte do seu corpo, da sua cabeça, do seu braço, da sua perna e logo depois começaria a sangrar sobre a água suja e morta do mar coberto de barcos próximos e distantes, milhares de barcos que avançavam na nossa direção para nos destruir e avançar sobre a costa que protegíamos. Foi depois desses dez ou quinze segundos que ouvi a primeira rajada de um rifle ao meu lado fazer um som seco e morto, um som seco e rápido bem próximo de mim, um som de morte, um som de destruição enquanto eu via o pequeno vapor que sai do cano de ferro, e logo em seguida, virando a cabeça para a praia, o brilho das balas cortando o ar e avançando no meio da névoa que flutuava sobre a praia e sobre os barcos que avançavam em nossa direção. Depois dessa primeira rajada do soldado que estava ao meu lado, eu percebi o que devia fazer, para que direção eu deveria atirar, para que local eu deveria posicionar a metralhadora que me deram assim que cheguei àquela praia, para que local eu deveria atirar e mandar todas as balas em fileiras que estavam aos meus pés, milhares de balas que brilhavam mesmo sem um raio de sol, milhares de balas que salvariam a minha vida, que apenas salvariam a minha vida, as balas que permitiriam que eu continuasse a respirar caso todos aqueles barcos e aqueles soldados que avançavam em minha direção não me atingissem e me matassem, a metralhadora e todas as balas empilhadas e que quase chegavam à minha cintura serviam para eu anular a destruição que avançava para mim, que avançava para o soldado que estava ao meu lado, que avançava para destruir tudo o que eu era e sempre fora, tudo que meus pais e meus avôs e meus parentes mais remotos sempre foram e sempre serão. Então, eu posicionei o cano da metralhadora para a mesma direção em que o soldado ao meu lado apontava o seu rifle, diretamente na linha da água entre a areia e as ondas fracas que quebravam e empurravam algumas pedras escuras, diretamente para a posição que os barcos parariam ou onde possivelmente eles iriam parar, já que não sabíamos exatamente onde seria, apenas calculávamos e medíamos o avanço deles depois da névoa que, no exato momento em que eu posicionei a metralhadora, voltou a avançar sobre a praia e sobre todos os barcos, bem densa, arrastada sobre a areia pelo vento que começou a soprar forte e frio trazendo um possível prenúncio de chuva em pequenas gotas que começaram a cair naquele exato instante. Posicionei a metralhadora já imaginando e desejando o som seco que ela faria bem próximo do meu rosto, o som da morte, o brilho fugaz que ela criaria bem próximo do meu rosto, o brilho da força da vida perseverando e se mantendo, o brilho do meu desejo de continuar vivo e lutar pela minha vida, apenas a minha vida e nada mais, a minha vida naquele instante mesmo morto e vazio, cercado de névoa e destruição, cercado de nada, nenhum desejo e nenhum sentimento a não ser o de sobreviver, sentir a minha respiração percorrendo meu corpo, mesmo que a minha respiração naquele momento tragasse um vento frio que avançava pela praia e se espalhava por todo meu corpo, por cada parte do meu corpo. Então a névoa rodopiou na nossa frente levando areia e a maresia do mar para longe e depois os barcos voltaram a surgir quase sobre a areia, quase sobre o continente que não pertencia a eles e nem a nós e nem a ninguém, e de repente os barcos pararam de avançar e ficaram boiando sobre as ondas calmas e pequenas. Dentro do barco aberto e sem teto, sem proteção alguma, os soldados se moviam e se agitavam e se empurravam uns aos outros, cheios de uma estranha energia, um homem gritava sobre um elevado e apontava direções com os braços erguidos, mas os soldados não olhavam para ele, olhavam apenas para as suas armas, para as armas que salvariam as suas vidas, as armas que destruiriam outras vidas para manter as suas próprias, todos olhavam para os mais próximos de si com fé de que todos se agrupariam e se manteriam unidos, assim como eu tinha fé no soldado cheio de medo e assustado que estava ao meu lado, meu único amigo, meu único parente e meu único sangue desde que o sol apareceu naquela manhã, antes de ser tragado pelas nuvens e pelas névoas. Também já podíamos ver todos os barcos que se alastravam pelas praias mais distantes e ao longo do horizonte e que avançavam para a terra enquanto as luzes das balas do meu exército tentavam atingir os barcos que ainda estavam distantes; as balas cortavam a névoa, tocavam a areia e o mar, mas ainda não conseguiam atingir ninguém. Eu e o soldado ao meu lado respiramos e evitamos olhar para o rosto um do outro, evitávamos espalhar o medo que era evidente em ambos ou aumentar esse medo que nos sufocava. Respiramos muito até que o barco que acompanhávamos abriu uma comporta que afundou na água. Houve um ou dois segundos de espera até que os soldados começaram a se jogar na água com os seus rifles levantados para o alto e, como a comporta, eles também afundaram na água do mar e nas espumas e formaram pequenas ondulações na água calma. Nesse instante o soldado ao meu lado começou a atirar novamente e no mesmo instante eu, pela primeira vez, apertei o gatilho. Milhares de balas cortaram o ar e brilharam, senti o calor do cano esquentar minhas mãos e meu rosto, ouvi finalmente o som de morte e de vida produzido pelas minhas mãos e por minha vontade, pela minha arma que me jogava para trás enquanto meu corpo a impulsionava para frente, nós dois unidos e uniformes, uma coisa só, os dois vivos, modificando o mundo, destruindo o mundo. Até que parei de apertar o gatilho e depois do vapor tênue que saía do cano da minha metralhadora se dispersar no vento, apareceram os soldados que primeiro saíram do barco e boiavam com seus rostos e seus corpos mortos virados para baixo, cercados por uma mancha escura de sangue que crescia lentamente ao redor deles. O mar os empurrava, as ondas os empurravam e faziam com que eles avançassem mesmo mortos na direção da areia da praia. Talvez cinco ou seis, talvez sete, talvez dez, não sei o número de homens que boiavam, mesmo com todo o peso que havia sobre os seus corpos. Senti alegria, senti alívio, senti terror de constatar que matei tantos homens ou ajudei a matá-los junto com o soldado que estava ao meu lado. Senti enjoo e felicidade. Depois de três ou cinco segundos os outros soldados que restaram pularam do barco rumo à morte do mesmo modo como os outros haviam pulado, sem sentirem medo, sem sentirem nada, sem recuarem ou tentarem fugir, pularam na água e afundaram nas espumas agora cobertas por um sangue escuro, quase igual à cor escura presente no mar. E antes do soldado ao meu lado começar a atirar eu apertei o gatilho, cheio de vontade e alegria, cheio de uma estranha sensação de vitória e contentamento, uma alegria perene e tênue que se espalhava por todo o meu corpo, uma alegria silenciosa ao ver o brilho em sequência que as balas faziam ao cortar o ar, a fumaça de vapor que surgia contra meu rosto, o barulho constante ao ouvir o som seco e morto em sequência que as balas faziam bem próximo do meu rosto. Apertei o gatilho e mantive a metralhadora nos meus ombros com mais força, meu corpo completamente integrado a ela, não sentia mais a sua força contrária ao meu corpo, nossas duas forças apenas se impulsionavam para frente, não havia recuo, não havia mais diferenças ou forças contrárias. Quando novamente parei de apertar o gatilho e esperei a última fumaça de vapor se dispersar no vento, eu vi o que meus olhos tanto ansiavam e queriam, o que eu realmente desejava construir diante dos meus olhos sem nenhuma falha ou defeito, todos os soldados que haviam pulado do barco boiavam com as cabeças para baixo, com os braços e as pernas abertas, cercados por água e sangue, cercados por espumas e fragmentos de bala, cercados pelos corpos dos primeiros soldados que pularam no mar e que morreram como eles haviam morrido: rápido e sem dor, segundos que nem foram sentidos, o sangue fluindo rápido dos seus corpos para se misturar à água. Não olhei para o lado para ver o rosto do soldado, guardei o momento apenas para mim, não queria ver sua felicidade e o mesmo sentimento que havia em mim espalhado pelo seu rosto, possivelmente ele sorriria como um estúpido e falaria algo estúpido, algo desnecessário, uma comemoração vulgar, uma alegria infantil, bateria nos meus ombros e todos os seus possíveis dentes podres apareceriam. Fiquei olhando para o barco vazio que começou a rodar bem lentamente em torno do seu próprio eixo e sobre as ondas que o empurravam para as espumas manchadas de sangue, junto com os corpos dos soldados que avançavam para a areia. Uma névoa passou sobre a praia e cobriu a cena toda, impediu que eu continuasse vendo a cena que eu havia construído, impediu que eu visse a maravilhosa destruição que havia provocado. Outra névoa surgiu lentamente com o vento, rodopiando, eu comecei a atirar para ver se conseguia dispersá-la, mas as balas apenas passaram sobre ela e formaram pequenos buracos quase invisíveis e depois caíram no mar e na areia. Depois dessa segunda névoa, outro barco começou a avançar para o mesmo ponto onde o outro barco havia parado. Dentro do barco, outros homens com os mesmos rostos e com os mesmos braços e com as mesmas pernas se agitavam enquanto um homem em uma parte mais elevada apontava para várias direções e gritava. Avançavam mais rápidos pelas ondas, mais rápidos que o primeiro barco, mais decididos e determinados para a morte que os esperava e que aconteceria como aconteceu ao primeiro grupo no primeiro barco. Quando estavam a cinquenta ou trinta metros da areia, e alguns soldados já esperavam ansiosos na borda do barco pela abertura da comporta, outra névoa, agora mais densa e maior, avançou pela praia e cobriu a minha visão. Senti respingos de chuva tocar meu rosto e uma gota tocou o cano da metralhadora para virar vapor logo em seguida, um pequeno vapor que logo sumiu. Mesmo sem enxergar nada, mesmo sem saber a posição correta onde o barco havia parado, ou se ele já havia parado, eu comecei a atirar, direcionando levemente a metralhadora para a esquerda e para a direita sem abaixar ou levantar o cano. O soldado ao meu lado também começou a atirar logo em seguida, mais a esmo, erguendo a arma para cima e para baixo. E pela primeira vez, enquanto as balas cortavam a névoa e avançavam para o vazio, para qualquer direção, eu me perguntei como tudo aquilo havia começado e quem havia criado todas aquelas armas e barcos, quem havia formado todos aqueles homens que rumavam para a morte sem medo e sem sentirem e nem sonharem nada, quem havia me formado e me enviado para aquela praia feia e morta? Quem havia criado os lados opostos que lutavam até a morte com perfeição e com o corpo inteiro, sem nenhum movimento de recuo ou fuga? Quem havia nos impulsionado para tamanha violência contra pessoas que nunca havíamos visto e que nunca haviam nos tocado ou nos insultado? Quem criara aquela dança de morte longa e eterna que estava apenas no início? Quem havia gerado tamanha destruição e nos tirado de casa para estarmos em barcos na direção das nossas próprias mortes, para estarmos com armas criando a morte? Quem havia criado as balas e os barcos e as luzes e os sons secos e mortos que se prolongavam e prolongavam e prolongavam e, que, mesmo que acabassem, ainda brilhariam diante de nossos olhos e seriam escutados para sempre enquanto estivéssemos vivos ou mortos? Tentava achar uma resposta enquanto atirava e a névoa finalmente foi dissipada pelo vento frio e rápido que também cresceu e machucou meus olhos. Depois de piscar um pouco e abrir os olhos, eu vi a mesma cena repetida, a mesma cena que anteriormente me encheu de alegria e asco, a mesma sensação que se espalhou por todo o meu corpo, por cada pedaço do meu corpo, por todo o meu sangue, por todos os meus membros e por toda a minha alma, por cada centímetro do que era possível me pertencer e que eu pudesse sentir. E sem que eu percebesse ou sentisse, uma lágrima escorreu do meu olho direito, tocou o cano da arma e virou um vapor tênue e apagado que foi levado pelo vento na direção do nada, do imenso nada que estava ao meu redor, bem diante de mim.

2.

E antes que eu voltasse a atirar no terceiro e no quarto e no quinto barco que surgiram e rumaram para o mesmo ponto que os dois barcos anteriores, o mesmo ponto de morte e destruição, eu consegui formar respostas e lembranças que explicavam a atitude de todos e de tudo que nos cercava e nos definia. E antes que eu voltasse a olhar para a cena repetida pela terceira vez depois de atirar no terceiro barco, o soldado ao meu lado recebeu um tiro na cabeça. Morreu e caiu ao meu lado com os braços e as pernas abertas, com o rosto virado para o chão, enquanto uma poça de sangue se formava lentamente ao redor de sua cabeça e avançava em direção das balas da minha metralhadora que estavam ao lado do meu pé. Ainda segurava com firmeza na mão direita, com todos os dedos crispados, o rifle que usava. Não consegui ver seus olhos, não consegui ver o seu último semblante e também não senti nada, apenas voltei a atirar na direção do quarto barco que balançava na primeira onda enquanto, finalmente, consegui formar uma primeira lembrança concreta e correta que me definia, que definia o movimento dos barcos e dos soldados que eram carregados pelos barcos, que definia o corpo do soldado que havia lutado e morrido ao meu lado, e cujo sangue que escorria alcançou as balas da minha metralhadora e as manchou de um vermelho forte, quase escuro, quase negro. Lembrei do rosto de meu pai e de minha mãe cercados de névoa e cinzas e que eles caminhavam em minha direção enquanto eu esperava sentado em um banco. Eles caminhavam em minha direção com as cabeças baixas e de mãos dadas, unidos, quase um corpo só formando uma única sombra rala pelo chão. A rua estava deserta e não me lembro por que estava sentado naquele banco daquela rua deserta, uma rua feia e morta, coberta de névoa e por uma fuligem cinza e constante que caía sobre tudo, sobre os carros, sobre as casas, sobre todos que caminhavam com as cabeças baixas e curvadas, perdidos na distância como meus pais caminhavam enquanto vinham em minha direção. Quando eles chegaram, um pouco de cinzas se desprendeu das suas roupas e dos seus rostos que pareciam envoltos em uma brancura de doença e morte, e voou para meu rosto enquanto eles sorriam e perguntavam se eu sentia frio. Eu sorri de volta e disse que não sentia frio algum, que não sentia nada. Eles não pareceram gostar da minha resposta e ficaram sérios e olharam-se enquanto vapores que saíam das suas bocas se cruzavam de um rosto para o outro. Depois meu pai me pegou e me colocou em seus ombros e as minhas pernas ficaram como que enganchadas em seu pescoço gelado e frio. Parecia a primeira vez que ele fazia isso, porque estranhei a altura enquanto caminhávamos. Minha mãe parecia bem menor do que ela era e caminhava sem jeito e perdida por não estar abraçada ao meu pai. O vento naquela altura era mais frio, e a fuligem e a névoa passavam sobre meu rosto com mais força. Naquela altura e enquanto caminhávamos para um destino que não me foi dito por eles, consegui ver ruas mais distantes em que a névoa e a fuligem cruzavam outras ruas com mais força e alguns postes que tentavam iluminar a escuridão, apesar de ainda ser dia, se curvavam e balançavam. Percebi depois de algum tempo que meu pai e minha mãe desviavam desses trechos fazendo gestos e apontando para direções em que elas ocorriam como se estivessem fugindo ou quisessem me proteger. Lembro que os olhos de minha mãe estavam assustados e ela constantemente olhava para mim, o seu rosto parecia mais pálido e mais coberto de fuligem, quase completamente cinza. Eu sorria de volta para ela quando isso ocorria, o que fazia com que ela abaixasse a cabeça e voltasse a olhar para frente ou para meu pai e depois voltasse a apontar para a rua que se abria próxima ou mais distante. Depois de certo tempo comecei a sentir cada vez mais a névoa e a fuligem forte tocar meu rosto, junto com o vento que me empurrava para os lados enquanto meu pai segurava minhas pernas com força para que eu não caísse. Ele também começou a ser empurrado pelo vento e a empurrar minha mãe caso o vento estivesse soprando ao lado esquerdo do seu corpo. Minha mãe, nesse momento, começou a segurar no braço de meu pai e na minha perna e parou de acenar para uma nova direção. Ainda conseguíamos ver as ruas que se abriam próximas, mas as ruas mais distantes estavam completamente cobertas por névoa e fuligem e apenas os postes eram visíveis. Eles balançavam e as lâmpadas oscilantes que iluminavam a quase escuridão. Começamos a andar com mais dificuldade e os passos de meu pai tornaram-se mais pesados, mais lentos, e começou a me segurar com mais força, com todos os dedos pressionados, machucando minhas pernas. Depois de certo tempo percebi que retornávamos pelas ruas que já havíamos passado ou que repetíamos as mesmas ruas, que caminhávamos em círculo. Até que, depois de uma curva, a névoa e a fuligem junto com o vento forte, tocaram meu rosto com mais intensidade e me cegaram. Senti cheiro de fumaça, ossos queimados, senti gotas de chuva crescerem em meu rosto até uma chuva forte desabar sobre nós. Meu pai continuou caminhando, arrastava os pés pelo chão e pisava em poças, as suas mãos cada vez mais presas na minha perna, meu corpo balançando para frente e para trás junto com o dele devido ao vento que ficou mais intenso. Senti o corpo de minha mãe esmagar meu pé direito enquanto ela gritava que iríamos morrer, que não iríamos aguentar, que não conseguiríamos mais andar. Ela apenas parou de gritar quando começou a chorar e a gemer, cada vez mais esmagando meu pé e minha perna. Meu pai não gritava e nem falava nada, apenas avançava e me segurava enquanto o vento ficava mais forte e algo gelado e pesado começou a tocar meu rosto, algo como neve, circular, que ao tocar meu rosto se espatifava e caía dentro das minhas roupas. Depois comecei a sentir as bolas de neve nas pernas e nos braços, até que uma atingiu o meu rosto e partiu a minha boca na altura do lábio inferior que imediatamente começou a sangrar. O ferimento começou a arder e o sangue grosso e forte escorreu até meu queixo. Meu pai ainda deu três ou quatro passos até que outra bola de neve, como se fosse arremessada diretamente por algum inimigo, como se fosse arremessada por alguém que queria atingir meu pai, mas não conseguiu atingi-lo e acabou atingindo a mim, se espatifou na minha testa fazendo com que eu desmaiasse e a minha cabeça caísse sobre a cabeça de meu pai. Ainda senti o cheiro acre que saía dos seus cabelos e escutei o gemido cheio de dor de minha mãe antes de apagar completamente. Quando acordei estava sentado em uma cadeira e escorado por uma parede diante de um piano. Sobre o piano a mesma fuligem que havíamos enfrentado cobria todas as teclas. Senti a boca ardendo e o gosto de sangue que estava seco e duro sobre meus lábios. Minhas pernas estavam doloridas devido às mãos de meu pai, minha testa também doía no local onde a bola de neve me atingiu. Estava ao lado de uma janela que também estava coberta por uma fuligem, mas que começou a escorrer pelo vidro quando começou a chover e as primeiras gotas chegaram até a janela. O céu ficou mais escuro e o interior da casa que eu estava, sendo que eu não me recordo se era minha casa ou a casa de algum parente, não me lembro daquele piano, não me lembro daquela janela, também ficou quase totalmente escuro. Fiquei parado sem saber o que fazer. Comecei a alisar a boca, que ardeu assim que eu coloquei o primeiro dedo, e a testa, que latejou forte. Também comecei a sentir dentro da casa o cheiro forte e concentrado de ossos queimados e de cinzas, o cheiro que agora me lembra morte e destruição, mas que enquanto estava sentado na cadeira fez apenas com que eu tossisse forte por três ou quatro vezes sem fazer essa associação, e lembrasse o momento em que a névoa e fuligem ficaram mais fortes sobre as ruas. E depois dessa tosse foi que eu comecei a ouvir um gemido agudo percorrer a casa e chegar até mim como se fosse jogado ao vento, jogado ao vento que não existia pela casa, cujo ar estava parado e sufocante. Fiquei imóvel e cheio de medo enquanto o gemido se repetia por três ou quatro vezes, cada vez maior, cada vez maior e mais agudo, cada vez chegando até o local onde eu estava de forma mais forte e pesada, como se fossem balas cortando o ar parado e atingindo minha nuca, minhas costas, minhas feridas e meus ouvidos. Até que eu não aguentei mais e levantei da cadeira. Comecei a andar pela sala e tropecei em uma cadeira ou uma mesa, não sei definir. O chão estava escorregadio e movediço, como se eu andasse sobre areia ou algo parecido com areia. Consegui alcançar o corredor estreito que estava completamente escuro e acabava em um trecho com luz que saía de um quarto que estava possivelmente com a porta aberta. Caminhei tateando as duas paredes estreitas com as mãos. O ar era mais espesso e mais abafado e a areia pelo chão estava em maior quantidade. Enquanto andava pelo corredor aguardava com medo que outro gemido alto surgisse enquanto caminhasse, mas ao invés disso comecei a escutar um gemido baixo e constante, um gemido cercado por um choro e pequenas palavras que pareciam reconfortar a pessoa que gemia e chorava baixo e constante. Finalmente cheguei diante da porta do quarto e, depois de ficar um tanto cego pela luz, eu vi meu pai e minha mãe deitados sobre uma cama, abraçados. Na verdade, os dois estavam entrelaçados, os braços e as pernas cerradas entre si como se formassem um corpo só sobre a cama, um corpo gigante e que afagava a si mesmo, que se consolava enquanto chorava e gemia ao mesmo tempo. Os dois não olharam para mim, continuaram com os gestos que deduzi a partir dos gemidos e palavras sussurradas enquanto caminhava pelo corredor; meu pai alisava o rosto da minha mãe coberto de cinzas e lágrimas que escorriam rápidas e grandes, enquanto falava palavras que não entendi mesmo estando tão próximo, tão perto. Minha mãe gemia e soluçava e parecia não conseguir escutar meu pai ou parecia não querer escutá-lo, apenas chorava e gemia bem baixo, completamente diferente do gemido que se propagou pela casa e que, em pé diante deles, duvidei que fosse o gemido dela, duvidei que ela pudesse gemer e sofrer de forma tão alta e forte e espalhasse esse gemido pela casa. Sobre eles havia uma janela grande também coberta de cinzas e fuligem cuja chuva não alcançava o vidro devido ao telhado onde as telhas eram visíveis, serem grandes telhas feitas possivelmente para isso, e impedirem que qualquer gota de chuva alcançasse a janela. A água da chuva caía forte e impedia completamente a visão de qualquer coisa além da própria chuva. Voltei a olhar para eles e pensei em me sentar e reconfortar minha mãe, alisar os seus cabelos que estavam sujos, dizer palavras que com certeza ela não entenderia. Mas continuei parado sem conseguir me mexer, sem conseguir fazer o que eu desejava, sem conseguir amá-la da mesma forma que meu pai amava e demonstrava com todo o seu corpo, com todos os seus gestos. Apenas fiquei parado olhando as lágrimas escorrerem pelo rosto de minha mãe quase destruído pelo medo, um medo que eu não sabia definir de onde vinha, um medo que não conseguia ver em lugar algum e nem mesmo ela ou meu pai saberiam explicar e nem queriam explicar. Apenas fiquei olhando para as lágrimas cada vez maiores, cada vez mais extensas e longas pelo seu rosto, assim como as lágrimas que havia no soldado que estava caído bem próximo do barco, um soldado que ainda não havia morrido, apesar de todas as balas que atirei e atingiram seu corpo, um soldado que gemia e gritava no meio das ondas que cobriam o seu rosto por alguns segundos, fazendo com que ele sufocasse pela água do mar antes que voltasse a gritar, a gemer e a chorar como minha mãe chorava e sofria sobre a cama agarrada ao meu pai naquele dia na minha infância. Apesar da distância, apesar de não ver com perfeição todos os traços do seu rosto e, nem me interessava ver qualquer traço do seu rosto, mesmo assim eu conseguia ver as lágrimas que escorriam cada vez mais extensas e longas, as lágrimas que surgiam depois que as ondas cobriam seu rosto e a água do mar escorria retornando para o oceano, conseguia ver todo o seu desespero e percebia que ele gritava algo pelo modo como abria a boca e todos os seus dentes apareciam mesmo na claridade morta que se estendia sobre tudo e todos. Era capaz de perceber que ele gritava e que formava palavras, mas não consegui entender as palavras e nem queria entender as suas palavras, assim como não queria saber a quem ele chamava naquele momento ou a quem ele ofendia naquele momento ou que oração ele emitia naquele momento de desespero e dor, não queria saber de nada e nem sentia nada, apenas fiquei parado olhando o seu desespero enquanto o vapor que saía da minha arma voava na direção do céu. Depois de alguns segundos posicionei o cano da metralhadora contra o seu corpo na altura da sua cabeça e apertei o gatilho, cheio de alegria e asco, cheio de nada, o mantive pressionado até ter certeza de que o seu corpo estaria morto quando soltasse meu dedo. Depois de o vapor flutuar tênue e doce diante de mim e eu acompanhar a sua trajetória na direção do céu, na direção das areias da praia, na direção do nada que eram todas as direções que o vapor poderia seguir naquele momento, eu vi o soldado que gemia e chorava, sem sentimento ou sofrimento algum, com o corpo virado para baixo e a sua cabeça enterrada na areia, todo o seu rosto escondido na areia, nenhum traço visível de seu rosto, tampouco lágrimas ou seus dentes, ou a sua boca que orava ou xingava ou chamava por alguém estavam visíveis, enquanto as ondas o empurravam lentamente para cima e para baixo quando passavam e retornavam pela praia coberta de sangue, o mar cada vez mais escuro e sujo, formando uma mancha que crescia e avançava para todas as direções. Esse momento de contemplação acabou assim que outro barco surgiu depois da névoa passar diante de mim e flutuar pela praia; assim que outro barco passou por todos os outros barcos que estavam vazios e giravam e giravam e giravam no fluxo das ondas, assim que outro barco passou, todos os corpos dos soldados que boiavam e giravam próximos dos barcos que os trouxeram para a morte. E sem pensar em nada e nem sentir nada, sem chorar ou derramar uma lágrima sequer, eu posicionei a metralhadora na linha da primeira onda e comecei a atirar pressionando o gatilho com toda a minha força contra o novo barco.

3.

E enquanto novamente outro barco rumava ao mesmo sentido que os barcos anteriores e trazia os novos soldados que morreriam e boiariam como todos os soldados anteriores, eu lembrei o dia em que um amigo apareceu completamente coberto de cinzas e com uma bola embaixo do braço na casa em que eu estava, sorrindo, mesmo coberto de cinzas e fuligem que soprava pela rua naquele instante, ele sorria e me chamava para o campo que ficava próximo da sua casa, enquanto eu olhava para ele sem saber que resposta lhe dar. Olhava para ele e para a névoa que voava do chão ao céu e passava lentamente depois das suas costas, avançando pela rua e escondendo as casas vizinhas. E depois da névoa a fuligem retornou com o vento que ficou mais forte, trazendo junto o cheiro de cinzas e ossos queimados que se tornou constante desde o dia em que eu e meus pais quase fomos sufocados e apedrejados. Lembro que esse cheiro se prolongava por dias e noites inteiras, até que sumia por um ou dois dias para depois retornar cada vez pior. Continuei parado olhando para meu amigo e ao mesmo tempo observando para a paisagem que se estendia pela rua e não permitia a ninguém respirar ou caminhar, sem conseguir achar uma desculpa para ele de que não poderia jogar bola, para ele que possivelmente veio de longe naquela névoa terrível e voltaria sozinho cercado pelo cheiro de ossos, respirando a fuligem cada vez mais densa e espessa que estava apenas começando atrás de si. Não lembro se meus pais estavam em casa ou se realmente aquela casa era a minha ou de algum parente ou de qualquer outra pessoa. Também não lembro se aquele amigo era um amigo de anos ou um amigo recente e que havia acabado de conhecer. Apenas sabia que ele conhecia meu nome e sobrenome por dizê-lo assim que eu abri a porta enquanto sorria e todos os seus dentes apareciam. Ele parecia extremamente feliz por ter me encontrado, como se não me visse há anos e sentisse minha falta e ausência ao seu lado, como se eu fosse alguém importante, quase um irmão. Só isso poderia explicar o fato de ele ter caminhado pela névoa e pelo vento cheio de cinzas e fuligem até meu endereço. Ainda sem coragem para dar uma resposta, eu fiquei buscando ruídos ou passos ou gemidos de alguém pela casa que impedisse que eu partisse devido à presença dessa pessoa, criar a partir dessa pessoa, um parente ou qualquer conhecido, uma desculpa para não sair da casa em que eu estava, uma desculpa que não conseguia desenvolver ou até mesmo imaginar diante do garoto que estava em minha frente. Mas pela casa havia apenas o ruído do vento pelas janelas e pelas portas, passando por todos os cômodos e chegando até mim como um gemido, um gemido cheio de dor, como o gemido de alguém que sofresse e estivesse prestes a morrer. Diante daquele amigo que novamente falou meu nome e pediu que o acompanhasse, eu fechei a porta devagar e comecei a segui-lo pela névoa e pelas cinzas e pela fuligem que rodopiavam na nossa frente e impediam de ver qualquer objeto ou casa mais distante, apenas os cinco ou seis metros de rua e calçada que estavam diante de nós. Avançamos pelas ruas e acabei me acostumando com o vento que nos empurrava e com a fuligem que às vezes tocava nossos rostos como grãos mais fortes e pesados, machucando nossos olhos e entrando em nossas bocas quando respirávamos e abríamos um pouco nossas bocas para falar algo que não me lembro direito o que era. Talvez falássemos sobre o estado do campo e dos amigos que encontraríamos por lá ou talvez sobre a névoa e a fuligem e a origem do cheiro de ossos queimados. De onde vinha aquele cheiro? Qual animal estava sendo queimado? Esse animal estava vivo ou morto? Não sabíamos a resposta e depois de algum tempo paramos de nos questionar. Apenas avançamos completamente calados por ruas vazias e passamos diante de prédios ou casas com todas as janelas cerradas por cortinas, o que nos impedia de ver qualquer objeto ou até mesmo um pedaço pequeno de alguma parede. Às vezes, quando a névoa diminuía e o vento estava rápido, um pouco mais da rua ficava visível e alguém pequeno e curvado atravessava à distância antes de entrar em outra rua, depois de passar uma curva. Mas ninguém cruzou nosso caminho ou passou próximo de nós. Apenas o vento soprava e a névoa deslizava enquanto caminhávamos cobertos de fuligem, cobertos de cinzas e já acostumados com o cheiro de ossos que não fazia mais diferença se estava forte ou fraco. Começamos a descer uma ladeira entre casas baixas e com muros pequenos. Na penúltima casa, uma mulher que estava regando uma planta e tentava tirar a fuligem depositada sobre as folhas com a ajuda de um pano, acenou para o meu amigo que respondeu com outro aceno e disse que voltaria ao entardecer. Ela perguntou de volta a hora exata em que ele retornaria e meu amigo respondeu que antes de escurecer, e a chamou de mãe. Nesse instante eu olhei para ela e para meu amigo ao mesmo tempo e não vi semelhança alguma entre eles. A cor do cabelo, a cor da pele, nenhum traço do rosto os igualava. Também nunca havia visto aquela casa antes, assim como aquela rua, assim como aquela mulher que se dizia mãe do meu amigo. Apesar disso, ela gritou meu nome de forma perfeita, nome e sobrenome e acenou para mim, sorrindo, quando já estávamos um pouco afastados e eu continuava a olhar para ela e para meu amigo ao mesmo tempo, sem que ele percebesse que eu estava fazendo isso. Também levantei o braço e sorri de volta quando ela falou meu nome e acenou. Passamos por um trecho com mato e capim até chegarmos à escadaria imensa que descia sobre um morro e acabava no campo onde jogaríamos. Enquanto descíamos os degraus, pulando de um em um, quase correndo, consegui ver os outros garotos que estavam sentados próximos de uma trave. O meu amigo acenou para eles, sorrindo, e eles ergueram o braço e gritaram meu nome, todos de uma vez só, e sorrindo. Consegui ver os dentes de todos apesar de quase não haver luz. Paramos no meio do campo e todos correram para me abraçar, fiquei assustado enquanto todos sorriam e me abraçavam, mas continuei calado e até sorri um pouco para disfarçar o medo. Tentei ver um rosto conhecido, um rosto recente ou o mais distante possível e que pudesse lembrar mesmo com dificuldade, mas nenhum deles parecia ser um amigo recente ou perdido no passado, todos eram completamente desconhecidos, não me lembro de ter conhecido nenhum deles e nem os seus nomes, apesar de todos saberem meu nome e sobrenome, como a mãe do meu amigo. Depois que todos se dispersaram e começaram a correr com a bola para várias direções, eu fiquei no meio de campo sem saber o que fazer, sem saber por que aquelas pessoas me conheciam, sem saber por que eu merecia tamanho respeito e carinho por pessoas que nunca havia visto. Continuei parado quando o time foi dividido e a bola era enchida, já que estava meio vazia. O tempo continuava o mesmo quando começamos a jogar, mas com o decorrer do jogo a névoa cresceu junto com o frio, junto com a aproximação da noite. A fuligem havia diminuído um pouco, e o cheiro de ossos queimados havia sumido. Jogamos por cerca de meia hora sem parar. Passei a bola duas vezes para um garoto fazer um gol. Na primeira bola ele fez o gol e correu e pulou sobre mim, junto com todo o time. Depois passei a bola para o mesmo garoto acertar a trave e pedir desculpas com os olhos um pouco marejados e a cabeça baixa na minha direção, como se sentisse culpado por não ter feito o gol e ter acertado apenas a trave.

Não fiz nenhum gol. Depois de jogarmos nos sentamos em uma encosta que, descendo por ela, dava para uma rua de casas pequenas e iguais, como a casa da mãe do meu amigo. Éramos dez ou doze, não me lembro ao certo, o meu amigo e o garoto para quem dei o passe para o gol estavam ao meu lado. A névoa havia sumido e o vento estava fraco e frio, a fuligem e as cinzas também haviam sumido. O sol se punha bem diante de nós entre dois prédios, e estava quase sumindo atrás de um morro. Todos os garotos e o campo e todos os prédios e casas ao redor estavam tingidos pelos raios vermelhos, quase rubro se não houvesse um pouco de tom amarelo que ainda permanecia. Alguns ainda falavam, mas todos contemplavam o sol e as névoas que passavam e que também eram tingidas de um vermelho temporário, formando uma cortina flutuante que passava diante de nós ou sobre nós, com um véu ou um lençol e flutuava sobre o campo até voltar à brancura anterior quando já estava próximo da escadaria. De repente, todos se calaram enquanto eu olhava para minhas mãos tingidas de vermelho e não via as marcas que sempre tive entre os dedos, marcas que não conseguia lembrar quando as adquiri e em que possível vidro eu me cortei ou que lâmina me cortou. Pensei que todos faziam o mesmo e olhavam para seus corpos tingidos de vermelho ou olhavam para o sol diretamente e cegavam seus olhos olhando para o centro do espetáculo que nos cercava. Mas quando ergui a cabeça percebi que eles olhavam para a mesma direção no sentido da rua, não olhavam para o sol que quase se punha, olhavam para um garoto que batia o portão e parecia sair de sua casa. O garoto parecia ser mais novo que todos nós. Onze anos? Doze anos? Não sei definir, parecia igual a nós e também se vestia como nós e estava coberto de cinzas e fuligem apesar de ter acabado de sair de casa. A única diferença visível pelo seu corpo era uma braçadeira no seu braço direito que quase chegava aos ombros. Nunca havia visto aquela braçadeira e nem as cores que estavam nela e nem o símbolo que havia nela até aquele instante e que para mim não significava nada, não me dizia nada, não era nada. O garoto caminhava lentamente até que virou o rosto para o lado em que estávamos e nos viu, parando de caminhar logo em seguida. Parou e mesmo pela distância eu consegui ver todo o medo em seu rosto, todo o medo nos seus olhos e por todo o corpo, espalhado em cada membro, um medo que não havia nele antes de ver que estávamos ali e que acompanhávamos sua caminhada. Quando ele abaixou a cabeça e voltou a andar mais rápido, arrastando os pés e quase correndo, o grupo inteiro de amigos que eu não conhecia, começou a descer a encosta correndo em sua direção. Ele ainda ficou parado por um ou dois segundos, depois começou a correr e a fugir, enquanto o grupo inteiro já havia levantado e descia a encosta, inclusive o amigo que havia me buscado em casa e o garoto que havia feito um gol com o passe de bola que dei para ele. Levantei assustado e comecei a descer a encosta sem entender a perseguição, sem entender a fuga do garoto, sem entender nada, apenas avancei com eles e comecei a segui-los. Passamos a rua em que estávamos e entramos em outra. Não conseguia ver o garoto, o grupo inteiro avançava cada vez mais rápido, corria mais que sobre o campo, gritava e urrava enquanto todos erguiam os braços e apontavam para o garoto e para a próxima rua que se abria. Consegui ver parte do garoto quando ele passava por uma curva e no exato instante em que eu parei exausto, sufocado e sem conseguir respirar, sem entender a raiva e o ódio dos meus amigos desconhecidos, o ódio e a perseguição sem descanso. O grupo inteiro passou pela curva e sumiu, deixando apenas o silêncio e os passos que se afastavam. O sol ainda brilhava vago e impreciso sobre minhas pernas quando me agachei e me sentei no meio da rua. A névoa, a fuligem e as cinzas junto com o cheiro de ossos retornaram, enquanto os postes se acendiam lentamente junto com o frio e a noite que se aproximava além dos prédios e casas. Quando levantei já recuperado e dei o primeiro passo, comecei a ouvir passos e a gritaria que vinham ao meu encontro e provinham da rua onde o garoto e meus amigos haviam entrado. Parei. Depois de três ou quatro segundos todos surgiram, todos os meus amigos, com os braços erguidos e todos os dentes à mostra nas bocas que gritavam e sorriam e gargalhavam. Pulavam uns sobre outros e se abraçavam, comemorando algo que eu já previa; algo que imaginei e me horrorizou assim que pensei e consegui formar uma imagem concreta para meu pensamento, a imagem que viria no futuro próximo, bem de perto e diante do meu rosto. Também vi sangue em suas mãos ou manchas que pareciam sangue. Continuei parado quando eles passaram pela curva e continuaram pela rua em que eu estava e seguiram por outra direção. Não me viram, não quiseram me ver, me negaram, esqueceram que eu existia e estava ali parado vendo-os se afastarem entre a névoa e as luzes baças do poste, suas sombras longas pelo chão, seus braços erguidos, a vitória em cada grito estridente e pegajoso que se expandia pela rua e chegava até o meu rosto cheio de medo e nojo. Os dois últimos que desapareciam na escuridão, abraçados e com a bola embaixo do braço, foram o garoto que me buscou e o garoto que havia feito o gol com o meu passe durante o jogo. Sumiram, mas continuaram gritando e comemorando até restar apenas um grito abafado e perdido na noite que havia chegado poucos segundos antes. Virei o corpo e olhei para a rua, olhei para a encosta que me levaria para a escadaria e depois para casa, pensei em retornar e me afastar do que havia imaginado quando vi os garotos comemorando, mas ao invés disso eu passei pela curva e comecei a andar pela rua onde o garoto fora perseguido, avancei em silêncio por entre as casas e os prédios, sufocado pelo cheiro de ossos queimados que cresceu naquele momento e chegou até meu rosto, passei uma curva e entrei em outra rua que achava que seria a correta, que seria a rua por onde o garoto e meus amigos avançaram, até chegar à metade da rua e ver um pequeno beco entre prédios que estava com latas de lixo derrubadas pelo chão e que terminava em um terreno com cimento e uma cerca de madeira, uma pequena área aberta iluminada por um poste, um pequeno pátio perdido e deserto entre prédios. Parei e olhei com atenção para algo que estava embaixo do poste e parecia se mexer. Pensei que fosse um saco de lixo que balançava no vento ou um pedaço de tronco com algum galho mais leve. Ainda com dúvida entrei no beco, pulei as latas de lixo e antes que alcançasse a entrada do pátio, eu vi o que se mexia embaixo do poste e tentava se levantar do chão, eu vi o garoto que fora perseguido. Parei e fiquei observando a sua tentativa de se escorar no poste e tentar ficar em pé com apenas um braço, já que o outro parecia machucado e pendia balançando sobre a sua cintura, como se estivesse quebrado e por isso ele não conseguia erguê-lo. O vi impulsionar as pernas e empurrar os pés no chão sem conseguir levantar, apenas escorregar e cair ainda segurando o poste com a mão direita, todos os dedos cravados no poste como uma última esperança ou a única esperança de conseguir se levantar e se afastar dali. Fiquei parado, esperando uma nova tentativa dele que não se realizou, ele continuou com o rosto no chão, com a cabeça virada para o chão, apenas respirando, uma respiração forte, que fazia com que seu tronco subisse e descesse, formando o seu único movimento naquele momento. Comecei a me aproximar sem barulho e medindo os passos lentamente. Antes que chegasse até seu corpo, faltando dois ou três passos, sua mão largou o poste e bateu no chão fazendo um barulho seco e curto, junto com o seu tronco que parou de subir e descer e parou de respirar. Nesse momento eu corri e girei o seu corpo que não pesava nada, parecia oco, e vi o seu rosto cheio de machucados, cheio de sangue espalhado por cada pedaço da sua cabeça e que escorria na direção do pescoço, os seus olhos que ainda estavam abertos e olhavam para mim como um inimigo, como um dos garotos que retornou para terminar o que havia começado, para pisar e socar o seu rosto pela última vez, para retirar a sua última gota de sangue e impedir que ele respirasse e tentasse se erguer. Antes que eu pudesse dizer qualquer coisa ou que pensasse no que fazer para retirá-lo dali, ele voltou a respirar e piscou os olhos uma ou duas vezes, antes de erguer o queixo, inclinando um pouco a cabeça para trás, e cuspir uma bola de sangue quente e negra no meu rosto com a única força que lhe restava, com o único segundo de respiração, com a única coisa que seus olhos puderam ver e mirar. Enquanto o sangue escorria pelo meu rosto e chegava ao meu queixo, queimando a minha pele, seus olhos se fecharam e a sua cabeça pendeu para o chão. Ainda senti a sua última respiração, morna e forte se espalhar pelo meu rosto, a sua última respiração que eu inalei e depois devolvi para o seu rosto morto e mais novo que o meu, um rosto melhor que o meu. Larguei o seu corpo e horrorizado me levantei e comecei a correr, tropecei nas latas de lixo, passei o beco e corri pela rua sem lembrar qualquer direção, sem saber que rua me levaria para casa, sem saber que rua me tiraria dali e faria com que eu não retornasse para aquele pátio e voltasse a ver mais uma vez o rosto do garoto. Simplesmente corri no meio da névoa e da fuligem e das cinzas inalando o cheiro de ossos que estava cada vez mais forte, enquanto tentava esquecer o que meus olhos viram, enquanto tentava esquecer o que nunca mais esqueceria ou poderia esquecer, enquanto tentava esquecer as minhas mãos e meu rosto manchados de sangue. E o mesmo rosto estava diante de mim na praia, um rosto melhor, um rosto mais forte, um rosto coberto de sangue e ferimentos, mas que ainda reagia e lutava. Um soldado que atingi se ajoelhou na areia e conseguiu achar o local onde estava o homem que o atingiu. O homem que o atingiu com vinte ou trinta balas, o homem perdido em sonhos e lembranças e protegido no esconderijo perfeito, um homem que estava em um local que nenhum outro soldado havia encontrado e que, aquele soldado que eu atingi, conseguiu localizar pelo vapor e pelo brilho que saíam da minha arma, conseguiu descobrir o local onde eu estava e atirou com o seu pequeno rifle cheio da água do mar e sangue na direção do meu rosto, mas não conseguiu me atingir e acertou o cano da metralhadora. A bala formou um pequeno brilho e desceu para os sacos de areia que me protegiam, depois ouvi o som seco e curto, quase nulo, que a bala fez ao tocar o ferro da arma. Então, eu acordei das minhas lembranças e vi o rosto do soldado que havia passado as ondas e a areia da praia, mesmo com o corpo perfurado de balas, mesmo com o peso que ele carregava nas costas, um soldado havia me localizado com seus olhos quase cegos, o local onde o homem que o atingiu e matou os seus amigos estava. Ele se ajoelhou e atirou na direção da minha cabeça com as suas últimas forças, com a sua última respiração, com o último movimento que seu corpo poderia fazer, antes de dobrar sobre os próprios joelhos e cair com a cabeça na areia, ainda segurando com as duas mãos o rifle que quase me matou, que quase anulou a minha vida, que quase retirou a minha respiração e todas as minhas lembranças e sonhos que povoavam meu corpo, o meu corpo que continuou atirando de forma automática mesmo enquanto eu sonhava e lembrava, mesmo enquanto todos os soldados pulavam dos barcos e repetiam os gestos de todos os soldados anteriores que morreram também da mesma forma. E mesmo ele morto e sem nenhuma possibilidade de reação, sem nenhuma possibilidade de atirar novamente no homem que retirou a sua vida, eu atirei mirando somente nele e derrubei o seu corpo completamente na areia, com novas dez ou vinte balas que saíram da minha metralhadora. Logo as primeiras ondas do mar, que cresciam e se expandiam cada vez mais sobre a praia, alcançaram o seu corpo e cobriram o seu rosto também com água, uma água que a partir daquele instante sempre seria vermelha, negra e suja ao longo da praia.

4.

E não apenas o mar cresceu fazendo com que as ondas avançassem sobre a praia, o número de barcos e soldados também cresceu e se multiplicou na direção da praia. Tudo e todos avançavam cada vez mais rápidos em minha direção e para o local em que eu estava. As ondas cada vez mais fortes empurravam os barcos que passaram a chegar em dois ou três, às vezes quatro de uma vez só, mesmo que ainda continuassem no erro de parar no mesmo local em que todos os outros barcos paravam antes deles, o local onde a minha metralhadora alcançava todos os barcos e todos os soldados. A névoa também havia aumentado e rodopiava mais lenta do que antes, mais densa e branca sobre a praia, impedindo que eu visse as movimentações dos soldados e a chegada dos barcos. Calculava onde eles poderiam estar, e caso não fossem atingidos de imediato, quando uma brecha tênue na névoa permitia que eu visse por alguns segundos a localização exata deles, antes que voltasse a ter a visão novamente coberta, imaginava como e para onde eles se moveriam em certos tipos de trecho. Começava a atirar e as balas cortavam a névoa e milhares de pequenos fogos brilhavam na quase escuridão. O céu também estava cheio de nuvens negras que impediam que a luz do sol passasse, e apesar de um princípio de chuva, apenas uma garoa voava no vento cada vez mais fraco. As gotas tocavam o cano da metralhadora cada vez mais quente e viravam pequenos vapores que esquentavam meu rosto. O mar estava cada vez mais escuro e vermelho pelo sangue, os corpos boiavam na água e começavam a ser levados para a areia com o aumento da maré, giravam nas cristas das ondas e caíam sobre a areia, apesar de que alguns retornavam e avançavam para dentro do mar quando não conseguiam ser levados pelas ondas. Com a quantidade cada vez maior de soldados, alguns conseguiam passar as ondas depois de pularem dos barcos e afundarem na água, avançavam enquanto eu atirava em outros ou quando estava com a visão coberta por alguma névoa, e morriam somente na areia depois de darem vinte ou trinta passos depois de avançarem quase um terço do extenso trecho de areia que existia antes da encosta onde me encontrava. Continuava atirando quando reconheci a direção do cheiro que começava a me incomodar. O soldado que tombou ao meu lado começava a feder. O seu sangue havia parado de jorrar e não alcançava mais as balas da metralhadora. Mas seu corpo começava a feder e a me incomodar, desviando a minha concentração. Também a cor da sua pele estava levemente arroxeada na nuca e nas mãos, nas mãos que ainda seguravam o rifle e pareciam segurar com mais força do que antes, quando ainda estava vivo. Enquanto uma névoa densa e pesada despontou no lado esquerdo da encosta, fazendo com que eu não enxergasse nada e nenhum soldado me enxergasse, eu retirei a metralhadora da sua base, peguei o soldado pelos braços e o arremessei pelo pequeno buraco que me proporcionava toda a perspectiva da praia. Ele rolou rápido e veloz, retirando algumas pedras do lugar e quebrando alguns galhos podres que haviam caído de umas poucas árvores que estavam ao longo da encosta, coberta por uma grama espessa e muito verde. Ainda segurava o rifle com as duas mãos crispadas e ficou na mesma posição que estava antes de ser jogado, com a cabeça para o chão, o rosto enfiado na areia e as pernas e os braços abertos. Coloquei a metralhadora novamente na sua base e voltei a atirar mesmo coberto pela névoa, atirei no trecho que seria o início da faixa de areia com a esperança de acertar os soldados que possivelmente teriam avançado durante os poucos segundos que levei para jogar o corpo do soldado pela abertura. E enquanto atirava, o cheiro ocre e pegajoso do soldado, mesmo bem distante de mim, me alcançou com a ajuda do vento que cresceu um pouco e depois parou, mas soprou o suficiente para que trouxesse o cheiro de podre que vinha dele. E mesmo enjoado e um pouco tonto, comecei a atirar, lembrando do dia em que senti cheiro semelhante pela primeira vez, o cheiro da morte, o cheiro velho e antigo da morte em uma pessoa. Eu e meu pai jantávamos em uma cozinha apertada e pequena, com todas as paredes cobertas por armários, sendo que havia uma pequena janela entre os armários que deixava a luz amarela e suja do poste penetrar. Havia uma lâmpada sobre nós, mas ela parecia quebrada ou meu pai não quis ligar por algum motivo que não sei explicar. Minha mãe não estava e não havia nenhum gemido ou barulho que pudesse provar que ela estivesse pela casa ou que ela estivesse entre nós ou próxima a nós. Meu pai tomava uma sopa e abaixava a cabeça até o prato, como se não quisesse desperdiçar ou derrubar uma gota sequer da sua refeição. Quando ele levantava a cabeça, a luz que saía da janela, mesmo bem fraca, iluminava seu rosto que parecia às vezes triste, às vezes sério, às vezes angustiado, enfim, não sei precisar exatamente. Teve um momento em que ele ficou apenas olhando para a parede sem se mexer e piscar os olhos por cerca de dois ou três minutos. Não consegui imaginar nada que ele pudesse estar pensando, nem o que ele sentia. Apenas acompanhei o seu não movimento, que durou minutos, mas pareceu durar horas infinitas, mortas e imóveis, e parecia que nem nós mesmos estávamos vivos e respirávamos. Quando acabou a sopa, depois de raspar o prato inteiro com a colher, levantou rápido e entrou na escuridão da sala com passos pesados e sumiu. Ouvi o barulho de uma gaveta ser aberta e fechada sem cuidado e com pressa, depois seus passos que retornavam mais rápidos do que antes. Levantei da mesa e o vi abrir a porta da sala, sem olhar para mim ou me chamar, e começar a caminhar pela calçada com uma arma na mão direita, que logo guardou na cintura. Quando ele já estava afastado, eu saí da casa, fechando a porta com cuidado e pensando em não acordar minha mãe ou incomodá-la, mesmo sem saber exatamente se minha mãe estava em casa ou se dormia naquele instante. Comecei a segui-lo. Ele caminhava com pressa e passava pelas curvas das esquinas olhando para os dois lados, com movimentos rápidos de cabeça. O seu corpo crescia embaixo das luzes dos postes cercados pela névoa. O cheiro de ossos, mesmo forte, não me incomodava mais, não incomodava mais ninguém depois de se tornar permanente, mesmo não havendo vento para espalhá-lo. Mantinha sempre um espaço preciso de distância. Quando ele parava, eu parava também e me afastava da luz do poste caso estivesse embaixo de um e caminhava lentamente para a escuridão. Quando ele caminhava mais rápido, eu também acelerava o passo. Atravessamos ruas e curvas e eu não conseguia reconhecer nenhuma casa ou prédio ao meu redor, todas as ruas eram desconhecidas e nunca havia passado por elas. Teve um momento em que a arma caiu da sua cintura e fez um barulho agudo ao tocar o chão, um barulho que se propagou pela rua deserta. Assustado e rápido, meu pai se abaixou, pegou a arma e correu para a sombra mais próxima, se escorando na parede de um prédio e olhando para os dois lados, enquanto guardava a arma que se enroscava na camisa e na calça. Mesmo na sombra vi seus olhos cheios de medo, o suor que escorria pela testa, a sua respiração ofegante. Voltou a andar depois de ficar um minuto parado, olhando para os dois lados da rua. Voltei a segui-lo. Ele começou a tropeçar nas próprias pernas e na calçada, enxugava o suor do rosto com a camisa, certificava-se que a arma estava presa na sua cintura e não cairia no chão a cada cinco passos. Ninguém passava nas ruas, não havia ninguém àquela hora da noite, às vezes podia ver através das janelas luzes que se acendiam, mas logo depois eram apagadas e nem a sombra da pessoa era possível de ser vista quando a lâmpada estava acessa. Não reconhecia meu pai, não reconhecia seus gestos e movimentos, parecia que seguia um estranho perdido na noite, assustado com as sombras e com as próximas ruas que surgiam, assustado com o menor barulho que vinha distante e que nada mais era que o vento passando pelas curvas das esquinas. Até que ele parou diante de uma casa, olhou para os lados antes de passar o portão e caminhar pelo gramado medindo os passos e a possibilidade de fazer qualquer barulho, alcançando a entrada de uma casa que deixava uma luz amarela passar por dois vidrinhos que havia no alto de uma porta e que iluminou seu rosto quando se aproximou. Fiquei escondido atrás de um poste enquanto ele batia na porta duas vezes e enxugava o suor do rosto novamente com a camisa. Então alguém lentamente saiu da porta e parou diante do meu pai, alguém igual ao meu pai, o mesmo tamanho, a mesma curvatura no corpo, o mesmo medo iluminado pela luz suja e amarela que saía de dentro da casa. Os dois ficaram imóveis e em silêncio, contemplando o fracasso em ambos, o fracasso completamente visível pelos rostos iluminados e cheios de suor, o fracasso que eu nunca havia visto em meu pai em época alguma e possivelmente jamais veria igual no seu rosto como naquele dia. O homem que saiu da casa se moveu e passou por meu pai, que abaixou a cabeça enquanto ele se afastava pelo gramado. O homem passou o portão e começou a andar pela calçada lentamente. Meu pai se moveu, tropeçou no gramado e bateu o portão com força e começou a seguir o homem. Saí do poste e comecei a segui-los quando os dois passaram a primeira esquina, já unidos e novamente iguais, o mesmo andar, os mesmos tropeços pela rua, as mesmas sombras pelo chão. Depois de outra esquina, uma névoa densa passou pela rua e escondeu os dois. Atravessei a névoa correndo e quase esbarrei neles, mas eles não me viram, nem olharam para mim, meus passos mudos retornaram para trás, fiquei parado por alguns segundos enquanto eles se afastavam. Voltei a andar. Novamente passando outra esquina, a arma que estava na cintura do meu pai caiu no chão. Caiu e disparou. A bala cortou a escuridão e avançou com um brilho amarelo na linha do chão até atingir uma lata de lixo, o homem e meu pai pularam e correram para direções opostas, ao mesmo tempo em que olhavam para todos os lados, achando que alguém havia disparado duas vezes contra eles. Eu também dei um pulo para trás assim que vi a arma deslizando pelo corpo de meu pai e caindo no chão. Mas não corri, fiquei vendo os dois correrem e a fumaça rala que saiu depois do disparo rodopiando e subindo na direção da luz do poste, enquanto a arma ficava esquecida bem no centro da rua. E sem perceber eu ri, quase gargalhei, quando lembrei do pulo que os dois deram e o modo como correram, os braços abertos e as pernas rápidas, parecendo duas galinhas. Parei de rir quando ouvi passos se aproximando e corri para uma sombra. Meu pai e o homem apareceram, olhavam para trás e para frente e para todos os lados enquanto se aproximavam da arma, comecei a rir novamente, mas parei quando a luz de um apartamento foi acessa no primeiro andar logo em frente aos dois, eles ergueram a cabeça e apontaram para a janela e começaram a correr depois de pegarem a arma antes que alguém aparecesse. Depois de alguns segundos uma sombra gorda e robusta apareceu na janela e ficou olhando para a rua, eu me escondi ainda mais na sombra, a pessoa saiu e apagou a luz do quarto. Voltei a andar pela calçada e me senti vigiado, olhei para a janela em que surgiu a sombra, mas não vi ninguém ou movimento algum. Passei a curva e vi meu pai e o homem que ainda corriam entre as névoas. O meu pai segurava a arma, eu ri e comecei a correr como eles corriam até alcançá-los no momento que pararam e encostaram embaixo de um poste para descansar. Eu também encostei cansado em um muro um pouco próximo, mas que não poderia ser visto. Nesse momento percebi que eles conversavam e suas palavras chegavam até mim pelo vento, cercado pela névoa, cheias de medo. Falavam sobre vingança, sobre como entrariam na casa do homem que representava outro país ou fazia parte de outro país que havia destruído o país que eles dois faziam parte. Falavam e planejavam como matariam aquele homem que de forma indireta espalhou todo o medo e horror que agora os cercava, todo o ódio que agora fazia parte de suas almas antes puras e castas, como matariam aquele homem que provocou de forma indireta todas as névoas, a fuligem, as cinzas e o eterno cheiro de ossos que se espalhou por cada rua e por cada esquina e por cada cidade de todo o belo país que eles dois faziam parte e ajudaram a construir, assim como seus antepassados, com o suor e o sangue de suas mãos e de seus corpos, e que fora destruído pelo país que aquele homem representava por ter nascido lá, por esse homem representar de todas as formas possíveis e sem nenhuma nuance ou exceção tudo que havia de mais podre naquele país, tudo que representava a podridão daquele país, tudo que representava o que há de mais sujo e imundo naquele país, e que destruía com a sua podridão não somente o país deles, mas o continente inteiro, que antes era vigoroso e forte e nobre e puro. Então, os dois ficaram em silêncio depois de desabafarem para a noite o ódio e o rancor que não poderiam ser esquecidos e eram cultivados com fervor, o ódio que foi levado pelo vento e chegou até mim, todas as palavras de forma precisa, para que fossem escutadas de forma precisa para quem estivesse próximo e pudesse escutá-las. Depois começaram a caminhar e logo passaram pela esquina da rua. Eu saí do muro e esperei os passos deles, que agora não tropeçavam ou andavam rápidos, se afastarem um pouco para que eu pudesse passar pela esquina. Encostei-me no muro da nova rua e os vi cercados pela névoa. Entrei na rua, corri um pouco e mantive a distância para que não me escutassem e nem me vissem. Caminhávamos até que os dois pararam no meio da rua e apontaram para uma direção. Um homem logo adiante deles tropeçava e se escorava nas paredes, segurando uma garrafa de bebida com as duas mãos. O meu pai e o seu amigo se olharam por alguns segundos e pareceram sorrir, depois começaram a andar lentamente na direção do homem bêbado, seguiam seus passos e pararam quando o homem também parou para vomitar. Haviam achado o homem que matariam antes que ele chegasse à sua casa, haviam achado o homem completamente indefeso, bêbado, sem saber por qual rua avançava, sem saber que era perseguido, e quando morresse, nem saberia quem havia retirado a sua vida. Meu pai e seu amigo sorriram e se olharam embaixo de uma sombra. Nesse momento tive certeza dos seus gestos e dos seus sorrisos, das suas mãos que alisavam umas às outras, do prazer que era expresso em cada gesto e na espera calculada e planejada, no prazer da vingança aguardada para o momento oportuno em que o prazer real seria concretizado: o sangue nas mãos, o corpo do inimigo gemendo e a vida se extinguindo para os olhos maravilhados daqueles que executaram a morte. O homem levantou e caiu novamente. Meu pai e o seu amigo, os dois assassinos, chegaram a dar um passo cada um, mas pararam. O homem levantou novamente e se escorando na parede conseguiu levantar, parou por alguns segundos e deu um longo gole na garrafa que brilhou sob a luz do poste. Depois, deu um passo torto, outro passo, e voltou a andar arrastando os sapatos, curvado, com a garrafa sendo segura pelas duas mãos. Meu pai e o seu amigo se moveram lentamente e começaram a segui-lo. O homem quase caiu novamente, se sustentou na parede com a mão e voltou a andar. Passamos uma curva, entramos na última rua, a rua onde tudo aconteceria, onde aconteceria uma morte estúpida, a morte estúpida do homem de quem agora eu me recordo precisamente como aconteceu, toda a estupidez da vingança e todos os erros que a cercavam, toda estupidez e fracasso do meu pai e seu amigo. O homem parou e ergueu a cabeça, levantou os braços como comemorasse a descoberta de sua casa e depois deu um grito de alegria, um grito que ecoou pela rua, o que fez com que meu pai e seu amigo dessem um pulo para trás, assim como eu também os imitei e dei um pulo para trás, completamente assustado. O homem começou a cruzar a rua na direção da sua casa que estava no outro lado da calçada, uma casa pequena, com um portão e um pequeno gramado. Eu retornei um pouco, andando de costas até esbarrar em um poste, e me escondi. Meu pai retirou a arma da cintura e a apontou para as costas do homem, sua mão e o seu braço tremiam, a arma balançava, ele se aproximava curvado e lentamente, seguido pelo amigo que ficou um pouco para trás, um passo para trás, também curvado e tremendo, cheio de medo. Nesse instante o homem levantou a perna para pisar na calçada, mas o seu pé acabou resvalando no meio-fio e afundou na sarjeta, o seu corpo se projetou para frente e a sua cabeça bateu no portão de entrada, o seu rosto deslizou pelos ferros e depois o seu corpo desabou no chão, em silêncio, sem gemer ou sofrer, sem dar uma palavra sequer, nenhum grito de dor. A garrafa foi solta pela sua mão, brilhou na luz do poste, deslizou pela calçada lentamente e caiu na escuridão da sarjeta. O homem logo começou a sangrar e o sangue lentamente avançou pela calçada, depois de passar os seus braços. Meu pai e o seu amigo, enquanto o homem caía, estavam cerca de sete ou oito passos de distância. Meu pai estava com a arma erguida e prestes a atirar ou pensando em atirar, mas apenas acompanhou a queda do homem sem atirar, sem se mexer, apenas abaixou o braço ainda tremendo e deu um passo para trás, esbarrando nas pernas do seu amigo que não se moveu, não deu nenhum passo de recuo. Depois os dois se aproximaram lentamente e formaram sombras sobre o corpo do homem que eles não conseguiram matar, sobre o corpo pelo qual eles pretendiam se divertir, mas não conseguiram nem tocar ou chegar perto, o corpo que não conseguiram infligir nenhuma dor, ou sentir o prazer de ter a morte daquele homem provocada por suas mãos que tanto ansiavam e sonhavam, por dias e noites de ódio calculado, planejando a vingança perfeita. Não conseguiram nada e nada mais poderiam fazer a não ser olhar para o sangue que avançava e quase chegava à sarjeta e também se aproximava dos seus pés. Ainda ficaram com as cabeças baixas diante do corpo por alguns segundos, até que levantaram os seus respectivos rostos e se olharam, vendo o fracasso presentes em ambos, a estupidez presente em ambos, todos os traços dos rostos de ambos iluminados pela luz suja do poste e completamente visíveis para os seus respectivos olhos. O meu pai foi o primeiro a se afastar, olhava para a escuridão que se abria ao longo da rua e andava lentamente com a arma ainda na mão e balançando. Depois o seu amigo o seguiu e ambos sumiram em uma névoa que passou pelas minhas costas e os cobriram até os dois alcançarem a próxima curva e a próxima rua. Finalmente eu saí do poste e me aproximei do corpo, caminhando lentamente como meu pai e o seu amigo caminharam; meu corpo curvado, meus passos lentos e cheios de medo, meus braços tremendo e o meu rosto coberto de suor. E antes que eu me aproximasse completamente e visse a poça de sangue que, naquele momento, já havia alcançado a sarjeta e brilhava para meus olhos cheios de medo, eu senti o cheiro de morte, o cheiro de podre que saía do corpo do homem, o cheiro pegajoso e antigo, o cheiro que o vento trouxe ao meu rosto para que eu nunca esquecesse e que me causou mais horror do que a visão do rosto dilacerado e do sangue que escorria pela calçada do homem morto. E o mesmo cheiro voltou a tocar o meu rosto enquanto eu voltava a atirar em outro barco que se aproximava. O cheiro do soldado que estava comigo foi trazido pelo vento, subiu a encosta e entrou pelo pequeno buraco que me permitia ver e atirar, me deixando enjoado e entorpecido novamente. Mas mesmo enjoado e entorpecido, eu continuei atirando no barco que se aproximava, mesmo enjoado e entorpecido e coberto por outra névoa, eu continuei atirando no barco e nos soldados que não poderia ver, mas que tinha certeza que acertava, tinha certeza que concretizava a morte deles sem sentir ódio ou rancor, como meu pai havia sentido naquela noite e havia fracassado por sentir isso. Continuei atirando sem enxergar nada devido à névoa densa e tão branca que machucava meus olhos, continuei atirando mesmo cada vez mais enjoado e entorpecido pelo cheiro do soldado morto que havia jogado pela encosta. Apenas o cheiro dele me incomodava, apenas o cheiro dele me atingia, mesmo com as centenas de corpos que havia sangrado, apenas o cheiro morto e pegajoso dele chegava até mim. Parei de atirar e vi o barco que atingi rodopiando, os novos corpos dos soldados boiando no mar negro e vermelho, a minha vitória realizada, a minha vida defendida, enquanto a névoa que havia me cegado rodopiava e avançava pela praia. Dois novos barcos se aproximavam e eu voltei a atirar antes que a outra névoa que se aproximava voltasse a me deixar cego novamente, tapasse minha visão, escondesse o sangue que eu espalhava pela água e pela areia cada vez mais negra e vermelha, coberta por espumas cada vez mais escuras. E antes que voltasse a atirar, eu lembrei do meu pai e seu amigo, os rostos dos dois banhados em suor, os olhos cheios de medo durante e depois da jornada para matar o homem, o fracasso durante o retorno, as mãos que se alisavam de forma vulgar diante de um inimigo que não poderia se defender e que não permitiu que eles dois vencessem. O morto retirou com a sua morte o prazer vulgar e estúpido que eles dois tanto almejavam e pretendiam conquistar, uma vitória falsa, uma vingança falsa e ridícula. O homem que morreu pelo seu passo em falso e teve uma morte estúpida e vulgar, ajudou meu pai e seu amigo de forma indireta, os afastaram do erro e da estupidez, os afastaram da vingança e da morte covarde que eles iriam executar. Não conseguia ver nenhum traço do rosto de meu pai presente em mim, o meu rosto agora não suava e minhas mãos não tremiam, meu corpo sólido e forte permanecia firme e honesto, correto e puro. O homem morto de forma também indireta havia me educado, havia me transformado, havia revelado os alicerces do mundo e a estupidez desses alicerces, a estupidez que todos fazíamos parte e que não poderíamos fugir. A verdade, os erros e apenas os erros se expandindo, quando ele caiu e morreu daquela forma. Mas tudo isso foi esquecido quando a névoa parou de tapar a minha visão e o barco e os soldados apareceram no mar como eu desejava, como eu queria, mortos, boiando, sem sentimentos, sem sonhos, sem nada. Então eu senti a minha permanência e nada mais, a minha respiração e nada mais, nada mais.

5.

E um soldado que morreu quase na metade da faixa de areia da praia, um soldado que havia avançado muito sobre a praia e foi um dos últimos que consegui atingir, porque ele se fingiu de morto enquanto eu atirava em todos os outros que também avançaram muito, muito além dos primeiros soldados e primeiros barcos que chegaram cerca de cinco horas antes, esse soldado que se fingiu de morto entre as ondas e espumas manchadas de sangue, que engoliu água suja e se banhou na água suja para poder avançar no momento em que eu o esqueceria e atiraria em outros soldados, o rosto desse soldado, que eu acertaria com apenas uma bala e o faria cair na areia enquanto tentava correr, me fez lembrar um sonho, um longo sonho que tive quando consegui dormir mesmo com o eterno vento que nunca cessava de trazer o cheiro de ossos queimados, que impedia qualquer pessoa de respirar, que impedia qualquer pessoa de pensar em qualquer outra coisa a não ser de onde vinha aquele cheiro terrível, qual era a sua origem, de onde vinham os ossos que queimavam e de quem eram os ossos que queimavam. Mesmo com esse cheiro passando pelo lençol que cobria o meu rosto, e que me fazia tossir e me revirar pela cama em busca de ar, eu consegui sonhar com a melhor fuga possível, tive o melhor sonho do mundo, o único sonho possível para qualquer homem. Estava sentado em um banco e esperava alguém ou alguma coisa, meus pais ou um ônibus, ou meus pais dentro de um carro, esperava por alguém ou alguma coisa que me levasse enquanto estava sentado em um banco de uma rua desconhecida, uma rua como qualquer outra, enquanto acompanhava o lento passar das névoas diante de mim e me protegia das cinzas e da fuligem misturadas com o cheiro de ossos com o qual já estava acostumado. Ninguém ou qualquer veículo passava pela rua, nem havia qualquer sinal de passos pela calçada ou o barulho de algum motor que passasse pelas ruas próximas o suficiente para ser escutado. Olhava para os dois lados e via apenas a névoa e as casas e os apartamentos com as janelas cerradas, enquanto a tarde ainda no início era escura devido às nuvens negras que cobriam inteiramente o céu, apenas pequenas brechas entre elas se abriam com a ajuda do vento para uma claridade que surgia e logo depois sumia em segundos quando as nuvens voltavam a ficar compactas e uniformes, formando uma massa cinza e quase negra. Cansado, comecei a dormir, inclinei a cabeça e fechei os olhos. Enquanto dormia, passos começaram a crescer pela rua, passos precisos de alguém que caminhava forte e pesado pela calçada, alguém que caminhava reto e firme em minha direção. Levantei a cabeça e abri os olhos. Dentro da mancha esbranquiçada que havia em meus olhos, ainda se acostumando com a claridade morta da rua, eu vi uma mulher caminhando na minha direção, uma mulher que não era a minha mãe e quem eu nunca havia visto ou conhecia de qualquer parte ou de qualquer tempo. A primeira coisa que vi e notei com precisão foram seus sapatos brancos de cano alto e bico fino, os sapatos que me acordaram, depois as suas pernas fortes e rápidas pela calçada, pernas longas e brancas, pernas maiores que a minha altura, que naquela época já era visível quando eu me olhava no espelho: estava crescendo, havia crescido, não era mais uma criança. Acompanhei as pernas que se moviam rápidas e eram maiores do que eu, pernas que tinha certeza serem de uma mulher mesmo sem ver seu rosto ou seu corpo inteiro. Acompanhei as pernas que se moviam em minha direção, cada vez mais próximas, cada vez mais altas, com o barulho dos sapatos na calçada cada vez mais forte, até que comecei a levantar a cabeça e vi a sua cintura, que era coberta por um lenço ou um cinto vermelho que dava a volta sobre a sua cintura e era amarrada às suas costas. Levantei mais a cabeça e vi seu vestido cinza com pequenos pontos escuros que deixavam à mostra os braços finos, brancos e longos, cujas unhas dos dedos das mãos estavam pintadas de vermelho. Parei de erguer a cabeça por alguns segundos e me perdi em uma pulseira grossa e verde que estava no seu braço esquerdo, uma pulseira verde com manchas brancas, enquanto ela, cada vez mais próxima, cada vez mais sobre mim e seguindo pela calçada na minha direção, ergueu o braço para alisar o rosto e levou o meu olhar, que seguiu o movimento do seu braço ainda fitando a sua pulseira, direto para os seus olhos, os seus olhos que olhavam para mim, olhos verdes que me olhavam enquanto ela sorria e alisava o canto dos lábios que estavam pintados de vermelho e adornavam todos os seus dentes grandes, brancos, imensos, dentes que estavam na minha direção enquanto ela sorria. Senti frio, senti calor e vertigem, o meu coração começou a bater e a bater e bater enquanto tentava respirar e não conseguia, enquanto tentava buscar ar e não conseguia, sendo que a única coisa que conseguia respirar era o seu perfume que chegou antes dela e afastou toda a podridão que me cercava, todo o mau cheiro que me cercava, enquanto a única coisa que também eu conseguia escutar ou queria escutar era o barulho dos seus sapatos pela calçada cada vez mais fortes, cada vez mais próximos, permanecendo e se expandindo como estacas e marteladas sobre o vazio e o silêncio que me cercavam, permanecendo e se expandindo em todas as direções e anulando qualquer som que pudesse escutar do meu próprio corpo ou de qualquer outra coisa que houvesse ao meu redor e que possivelmente eu poderia escutar. Quase sem respirar, sem pensar em nada, sem sentir nada a não ser nela, eu a via passar diante de mim ainda sorrindo e alisando o rosto, alisando o cabelo escuro com as pontas que tocavam até metade das costas, eu a via se afastar do banco em que eu estava e, lentamente, sem que eu pudesse me mexer ou levantar ou voltar a sentir meu próprio corpo ou minha respiração, voltei a ver a paisagem que a cercava enquanto ainda acompanhava seus passos que diminuíam pela calçada e o seu perfume que sumia para o cheiro de ossos retornar lentamente; e antes que ela pudesse virar na curva ou que uma névoa a cobrisse fazendo com ela sumisse ou eu não pudesse mais vê-la devido à distância, eu levantei e comecei a correr em sua direção sem que ela escutasse meus passos que não faziam barulho, comecei a correr em sua direção para que voltasse a sentir o aprisionamento que ela me proporcionava, comecei a correr e esqueci de tudo que me cercava e me esperava antes dela, passei a névoa e depois a esquina e voltei a escutar os seus passos e o seu perfume que o vento trazia, seguia atrás dela com uma distância suficiente para que ela não me visse e se assustasse, enquanto ela continuava caminhando e me levando para a direção que ela quisesse me conduzir, sem olhar para trás ou notar a minha presença. Avançamos pelas ruas e o seu perfume mesmo fraco pela distância era trazido pelo vento e anulava a podridão que me cercava, a podridão que cercava a minha cidade e o meu país durante anos, assim como os seus passos sempre constantes e ritmados não permitiam que eu escutasse mais nada, mesmo fracos e também distantes. Mesmo coberta pelas névoas e cinzas e fuligem, conseguia ver seus sapatos brancos que repartiam a escuridão, as pernas que me guiavam, maiores do que eu, maiores e mais fortes que qualquer coisa sólida e imensa que estava pela cidade muito antes que ela nascesse, muito antes que eu nascesse e, os seus cabelos negros, mesmo não havendo vento, ondulavam, mais negros que qualquer coisa que pudesse cobri-la ou escondê-la ou tentasse anulá-la dos meus olhos. Continuei caminhando atrás dela sem sentir a minha respiração, sem sentir nada, sem sentir meus passos que pisavam em areia, coisas movediças e pegajosas, sem sentir meu corpo cansado e cheio de dores por cada membro. Até que ela parou de andar e olhou para a esquerda, atravessou a rua e entrou em um prédio pequeno e menor que todos os outros prédios que se alinhavam pela rua. Parei e encostei meu corpo em um poste. O cheiro de ossos retornou, a fuligem e as cinzas caíram sobre meu rosto e começaram a rodopiar por toda a rua com a ajuda do vento que havia crescido assim que a mulher entrou no prédio. Por alguns segundos eu não havia notado, mas depois percebi que eu conhecia aquele prédio, que já havia passado pela porta principal de madeira, com um puxador de ferro triangular, várias vezes em algum momento da minha vida, que já havia tocado e visto os tijolos que sustentavam e formavam o prédio, que já havia estado dentro de um daqueles apartamentos, onde não se poderia ver o interior porque as janelas estavam cerradas, que já havia sonhado e sofrido em um daqueles quartos pequenos e que se alinhavam nas extremidades do prédio, os quartos que com certeza seriam os menores quartos e deviam ser habitados somente por crianças devido ao espaço pequeno. Depois de outra névoa passar, eu lembrei precisamente que foi naquele prédio em que caí no segundo degrau do lance de escadas, que havia tropeçado em uma tábua ou tijolo que estava solto e que meu braço sangrou quando tentei me apoiar para que não batesse com o rosto no chão. Também lembrei que naquele dia eu subia as escadas com rapidez por que fugia de uma névoa que parecia me perseguir e sempre me envolvia, eu conseguia escapar por alguns segundos caminhando para frente ou simplesmente parando e esperando que ela passasse, mas a névoa parava quando eu parava e continuava a percorrer a rua quando eu voltava a andar. Lembro que por causa dela eu tropecei duas ou três vezes, pois não conseguia ver nada que estava diante de mim, principalmente o chão. Com certeza eu havia passado meses ou anos ou toda a minha vida dentro daquele prédio pequeno e cinza e menor que todos os outros ao redor, apenas não me lembro em que apartamento. Não entendia porque a mulher havia entrado logo naquele prédio e por que ela demorava tanto para retornar. Comecei a tossir devido ao cheiro de ossos, o vento ficou mais forte e espalhava pela rua e trazia até meu rosto tudo que já estava acostumado. Limpei meus olhos com a camisa mas não consegui abri-los, as cinzas me cegaram e comecei a lacrimejar. E sem que eu ouvisse qualquer tipo de passos ou sentisse qualquer perfume, eu tentei abrir meus olhos novamente e vi um vulto passando à minha direita, enxuguei as lágrimas com a camisa e consegui enxergar a mulher que se afastava abraçada com um homem. Pensei que não era ela por não ter escutado os passos ou sentido o perfume, mas os sapatos e as pernas confirmaram. Saí do poste e comecei a segui-los no momento em que o vento voltou a ficar fraco como era antes e a as cinzas e a fuligem também pararam de cair sobre meus olhos. Os dois seguiam em silêncio, abraçados, sem se olharem, sendo que ela caminhava mais lenta por estar abraçada ao homem. Não conseguia mais ouvir os passos dela, nem havia mais o seu perfume, apesar de que eu continuava na mesma distância que antes, nem mais distante e nem menos próximo. Também não havia mais o cheiro de ossos. Na verdade, não havia mais cheiro de nada e nem barulho algum, um silêncio de vazio cercava tudo. Olhei para um portão de ferro que batia em frente a uma casa e que chamou minha atenção e não consegui escutar nada, o portão batia com força e retornava como se estivesse sendo empurrado pelo vento, mas não havia vento algum soprando. O homem e a mulher continuavam andando e eu a seguia sem o mesmo entusiasmo, sem a mesma paixão, sem o mesmo desejo que havia antes dela entrar no prédio. Queria que aquele homem sumisse e partisse, deixasse a mulher seguir sozinha para que pudesse vê-la sozinha e mais nada atrapalhasse a minha visão. Foi nesse instante que o homem se virou e sorriu para a mulher. Quando eu desejava que ele a abandonasse e partisse, para que eu não pudesse ver o seu rosto, que também não havia visto quando ele saiu do prédio, ele sorriu para a mulher da forma mais estúpida possível, um sorriso vulgar, um sorriso ofensivo. E para meu horror, o homem era parecido com o meu pai e também comigo, como se ele fosse meu pai em uma idade e com feições que não podia ver, porque eu ainda não havia nascido, e nunca havia visto qualquer foto do meu pai com a idade que possivelmente seria a mesma idade que teria o homem naquele momento, assim como ele parecia comigo em um futuro que imaginava a partir das feições que meu pai possuía, já que eu parecia fisicamente mais com meu pai do que com a minha mãe. Um homem que seria eu no futuro, ou meu pai no passado, retirava de mim o único sonho e perspectiva de salvação que sentia em anos, o meu único conforto e a minha única alegria em anos, e anulava todos os meus sentidos enquanto levava a mulher pelos braços na direção da morte, na direção do nada, sem que eu pudesse fazer qualquer coisa para impedir o seu avanço e nem tivesse forças para isso. Comecei a ficar cansado e a sentir dores nas pernas e na coluna, meus olhos ficaram embaçados mesmo não havendo mais cinzas ou fuligem, apenas a névoa que passava sobre eles e não os escondia, nem fazia com que eles se perdessem ou sumissem da minha vista para que não pudesse ver os seus braços entrelaçados, os sorrisos que os dois trocavam em silêncio e sem palavras. Mesmo sem querer continuar a andar e sem querer ver mais nada, continuei seguindo os dois até que os prédios e as casas começaram a diminuir nos dois lados da rua, começaram a surgir espaços vazios que antes não existiam entre as casas e os prédios, terrenos baldios com a terra escura e matos cobertos pelas cinzas, árvores mortas e caídas no chão, o nada entre as casas e os prédios, até que passamos por uma esquina e o chão de terra surgiu e todas as casas e os prédios sumiram para apenas as árvores mortas e a terra escura nos cercar pelos dois lados da estrada que seguia em linha reta e acabava em um ponto cinza e circular na linha do horizonte, que se aproximava de nós enquanto avançávamos lentamente, os dois ainda sem notarem meus passos nem minha presença, os dois cada vez mais abraçados enquanto o homem começou a sorrir cada vez mais para a mulher que, mesmo sem que eu pudesse ver seu rosto, já que ela não o virava na direção dele, também sorria para ele e balançava a cabeça, e o seu cabelo brilhava mesmo no escuro ou o seu corpo era completamente coberto pela névoa. Olhei para trás por um instante e vi a cidade que começava a ser iluminada pelos postes que acendiam naquele exato momento, virei na direção dos dois e não consegui vê-los por alguns instantes, até que acostumei meus olhos e consegui ver a silhueta dos dois fracamente iluminada por uma luz que vinha do pequeno ponto cinza e circular que agora crescia diante de nós e se tornou uma estrutura negra, imensa e quadrada, com uma chaminé que surgiu atrás dela soltando uma fumaça densa e compacta em forma de gomos quadrados para todas as direções. Os dois com certeza caminhavam na direção daquela estrutura, já que não havia outros caminhos que se abriam. A estrada seguia naquela direção e era a única direção possível devido às cercas que começaram a ser iluminadas pela luz que se tornou um holofote e também iluminava o chão, os dois e um portão de ferro aberto entre dois muros imensos que se estendia para a esquerda e direita, avançando para dentro da escuridão que não era iluminada. Depois do portão era possível ver uma pequena porta, que parecia ser a entrada da estrutura feita de tijolos negros que avançava até o céu, sem fim, junto com a chaminé que também avançava para o céu e espalhava a fumaça cada vez mais densa e compacta em gomos maiores, não havendo a possibilidade de ver em que ponto a chaminé terminava e em que ponto a fumaça começava. Antes que eu percebesse e voltasse a olhar para frente, o homem e a mulher já haviam passado o portão de ferro aberto e avançavam pelo trecho vazio na direção da porta de entrada da estrutura. Parei em frente ao portão de ferro e não consegui mais andar, não tinha mais forças. Apenas tinha forças para me manter em pé e ver o homem e a mulher serem iluminados pelo interior da estrutura, que foi aberto depois dela bater na porta e uma luz vermelha, dourada e amarela cercarem os corpos dos dois enquanto eles passavam a abertura e se perdiam na luz que saía pela pequena porta. Depois a porta foi fechada enquanto, ao mesmo tempo, o portão de ferro começou a ser fechado sem que houvesse alguém que estivesse fechando ambos. Finalmente eu consegui ouvir alguma coisa quando o portão fez um estrondo de ferros retorcidos ao encontro das duas partes que se chocaram, e a força do encontro das duas partes de ferro que o formavam foi tão forte que a terra tremeu sob meus pés por um segundo, fazendo com que eu desse um passo para trás. Enquanto eu tentava me equilibrar novamente, voltei a sentir o cheiro de ossos queimados como se estivesse diante de meu rosto da forma mais concentrada possível, como se o ar inteiro ao meu redor fosse composto de ossos queimados, como se meu corpo inteiro queimasse e meus ossos também queimassem sem que eu percebesse que queimava. Foi nesse momento que percebi de onde vinha o cheiro que inundava a cidade, de onde ele provinha e quem eram as pessoas que o formavam, quem gerava e espalhava o cheiro da morte sobre todos e sobre tudo, quem estava por trás das lágrimas e desespero da minha mãe, quem estava por trás do fracasso e estupidez do meu pai, quem havia formado o ódio dos garotos que mataram outro garoto, quem havia me sufocado e me amedrontado por todas as ruas enquanto eu dormia. E enquanto essa revelação surgia diante de mim, a fábrica da morte, a fábrica de destruição, eu tombei no chão completamente sufocado e gemi de dor com o meu rosto sendo arranhado pelas cinzas e areia que estavam na estrada enquanto tentava buscar ar e não conseguia, apenas respirava os ossos queimados de milhares de pessoas que eram espalhados pela chaminé infinita e que a fumaça rumava na direção do céu. E nesse momento eu acordei do sonho me revirando na cama, completamente sufocado pelo cheiro de ossos que passava pela janela do meu quarto. Mesmo ela estando totalmente fechada, a fumaça passava pela janela e pelos lençóis que cobriam meu rosto. Acordei e a única coisa que consegui ver a foi a escuridão que cercava meu quarto e a escuridão que havia depois da janela e cercava a rua inteira. Naquele instante tentei lembrar do sonho que tive, mas só consegui lembrar dos olhos da mulher, dos olhos verdes da mulher que haviam me guiado por ruas para um local que, naquele momento, eu não lembrava, lembrava apenas dos olhos verdes dela cobertos de luz e que olhavam para mim, diretamente para mim, como os olhos do soldado que eu havia abatido. Os olhos do soldado que mesmo distantes eu conseguia ver com precisão, os olhos verdes que estavam sem vida e colados ao chão da praia, cobertos por alguns grãos de areia. Conseguia ver o rosto e os olhos verdes do soldado que eram iguais aos da mulher, o soldado que havia caminhado por um longo trecho da praia, o primeiro que conseguiu avançar mais que todos os outros pela praia, mas que havia sido morto da mesma forma e ficou morto da mesma forma que os outros, com o rosto no chão e os olhos que olhavam para o vazio cobertos pela claridade suja e morta que cercava toda a praia e cobertos por alguns grãos de areia e por algumas gotas da água suja do mar que avançava cada vez mais forte, eram ondas negras e vermelhas que avançavam e logo chegaram ao corpo do soldado de olhos verdes, logo cobriram o rosto inteiro do soldado de olhos verdes, fazendo com que eu esquecesse de tudo e retornasse à metralhadora um pouco à esquerda, fazendo com que eu esquecesse da mulher e da fábrica e de tudo que ela representava, já que tudo que ela representava não representava mais nada e não tinha a menor importância diante do que me cercava, diante do horror muito maior que me cercava, um horror muito maior do que ela havia criado durante a minha adolescência, e colocasse uma nova tira de balas e voltasse a atirar em direção dos novos barcos que se aproximavam cobertos por outra névoa, outra névoa densa que esconderia a morte e a destruição apenas por alguns instantes, porque depois ela surgiria muito pior do que qualquer morte em qualquer fábrica, porque essa morte era causada por minhas mãos, unicamente por minhas mãos e apenas para meus olhos.

6.

Quando a névoa passou, notei que alguns soldados não foram abatidos e avançavam pelas ondas sem nenhum ferimento, chegavam à areia mais sólida e começavam a correr, apesar de todo peso que traziam nas suas costas e braços, além das roupas molhadas, e avançavam pela faixa de areia da praia que antes nenhum deles conseguia chegar. E era nesse momento que eu conseguia atingi-los, quando, mesmo tropeçando nas próprias pernas e caindo de cabeça na areia, para depois levantarem e repetirem os mesmos tropeços e quedas, eu mirava a metralhadora e apertava o gatilho com mais precisão e cuidado de acertar o alvo do que quando atirava nos barcos, já que na areia eles se moviam muito mais rápidos do que quando estavam no barco ou na água. Mesmo que essa movimentação pela areia fosse mais rápida, e mesmo que fosse mais difícil acertá-los quando estavam sozinhos e avançavam pela areia, do que no momento em que estavam mais compactos e em grupo, essa movimentação era lenta e arrastada, apenas um pouco mais rápida do que no momento em que eles estavam se movendo pela água. O único problema é que cada vez mais os soldados se espalhavam depois de passarem as ondas, e cada vez mais a quantidade de soldados aumentava, e cada vez mais os barcos chegavam de forma veloz devido ao mar que crescia, e cada vez mais a quantidade de barcos também era maior. Com isso, enquanto eu atingia os soldados um por um que estavam dispersos e avançavam pela areia, eu não conseguia atingir os barcos antes de chegarem às ondas, que os empurravam com cada vez mais força para o ponto sólido da praia, além da névoa que atrapalhava a minha visão e não permitia que eu enxergasse com precisão os alvos. Atirava no local que achava que seria o local exato onde eles parariam e com isso deixava de atingir todos os soldados, justamente os soldados que depois eu teria que atingir enquanto avançassem com mais rapidez, mesmo lentamente, pela areia. Senti nesse momento, depois de constatar esse fato que não poderia ser mudado ou diminuído, que eu não conseguiria vencer todos os soldados, que não conseguiria abater todos os soldados, que não conseguiria mais retardar o avanço dos barcos sobre as ondas cada vez mais fortes e que os empurravam para a minha direção. Constatei que não conseguiria vencer e que dentro de horas, para mais ou para menos, e apesar de todos os meus esforços e de toda a minha luta, apesar de todas as mortes e destruição que provoquei, eu seria morto por um daqueles soldados, seria morto de forma justa por um daqueles soldados que eram melhores do que eu, que avançavam mesmo feridos, que avançavam para as suas mortes sem medo, cheios de uma estranha coragem, uma coragem que eu não tinha naquele momento, nunca tive e nunca terei. Enquanto eu recomeçava a atirar cheio de medo e estupidez em outros barcos e soldados cobertos por outra névoa, pensei em fugir, pensei em abandonar a metralhadora e fugir para longe da praia, para longe daqueles que avançavam em minha direção, fugir da forma mais covarde possível de tudo e todos que avançavam, apenas me virar e sair correndo pelas terras que não conhecia, as terras daquele país desconhecido que nunca desejei conhecer, que nunca quis conhecer, avançar para qualquer direção e me esconder no primeiro buraco que aparecesse, o primeiro buraco que escondesse meu corpo covarde e cheio de medo, que me escondesse dos soldados e dos homens que marchavam para a minha destruição, dos barcos que marchavam para a minha destruição, da névoa que marchava para a minha destruição, fugir como meu pai uma vez havia tentado, já que ele não suportava mais toda a podridão que o cercava e cercava a sua família por anos, fugir como meu pai havia tentado no dia em que apareceu diante do nosso prédio com um carro, o primeiro carro em que eu andaria, um carro negro e sem teto, um carro que ele havia roubado para fugir e não teve coragem de dizer para mim que havia roubado, apenas omitiu por sentir vergonha, mas eu percebi em seus olhos assim que eu perguntei de onde vinha aquele carro que estava parado diante de casa, e ele respondeu com os olhos cheios de ódio para consigo mesmo, cheio de remorso por ter executado aquele ato que ele jamais havia feito, que aquele carro era de um amigo, um amigo que o havia emprestado, um amigo bom e honesto, um amigo que salvaria todos nós, e que aquele carro emprestado nos levaria para longe. Foram exatamente essas as palavras que ele usou, o carro nos levaria para longe, já que não havia como combater o que não poderia ser combatido, não havia como vencer a névoa e o cheiro de ossos e as cinzas e a fuligem e todos os inimigos que estavam à espreita por todas as esquinas, todos os inimigos que venciam mesmo quando morriam como no caso do homem que havia caído e morrido por suas próprias pernas ao bater a cabeça, impedindo que meu pai e seu amigo concretizassem a sua vingança. É claro que ele não disse nada, apenas disse que o carro serviria para nos levar para longe, o resto eu pensei enquanto ele passava por mim e entrava em casa, retornando depois com um casaco grosso de lã que eu não gostava de usar por esquentar muito, mas não reclamei e segurei o casaco que encheu meu rosto de poeira. Depois entramos no carro, e quando o carro começou a andar, eu, ao invés de sentir o prazer que um carro proporciona a qualquer pessoa ao andar pela primeira vez, toda a mudança e a perspectiva de movimento que tanto nos assusta como nos agrada quando andamos pela primeira vez em um carro, só consegui lembrar da minha mãe que cada vez mais desaparecia das nossas vidas, como se não estivesse mais entre nós e não pudesse ser encontrada nem por mim e nem por meu pai, como se ela tivesse morrido e meu pai não quisesse me contar para não me assustar mais do que eu possivelmente já estava, já que nunca reclamava de nada, apenas obedecia e tentava esconder meu terror por tudo que nos cercava. Nesse momento, em que o carro passava pelas primeiras ruas e esquinas, o vento deslizava morno pelo meu rosto e os meus olhos estranhavam todas as coisas que passavam rapidamente por mim, como se todas as coisas tivessem se fragmentado e voassem contra meu rosto sem conseguir me atingir, fugazes e velozes, sólidos e não sólidos, e todas as névoas, cinzas e a fuligem e o cheiro de ossos não me sufocavam devido ao vento que passava rápido. Nesse momento eu apenas pensava qual seria o destino de minha mãe, como estaria o rosto dela que chorava e gemia sobre a cama naquele dia que enfrentamos a tempestade, o seu rosto que não conseguia mais ver e que havia sumido, pensava em como estaria o seu corpo cheio de medo e dor que também havia sumido e antes se enroscava no corpo do meu pai sobre a cama, sem que eu lembrasse qual foi a última vez que a vi depois daquele dia em que quase morremos na tempestade que enfrentamos juntos pelas ruas, até chegarmos à casa desconhecida em que ela havia chorado. Apenas parei de pensar nela e de sentir a sua falta, como se ela de fato já houvesse morrido e nunca mais pudesse ver seu rosto, quando paramos diante de uma casa e meu pai saltou, pedindo que eu ficasse no carro e não saísse dele de forma alguma, não me mexesse e nem olhasse para os lados, pode ser perigoso, ele disse, fique imóvel, ele disse com a voz baixa e sussurrada antes de saltar ainda com o motor do carro ligado para abafar a sua mensagem que não poderia ser escutada. Segui seu corpo cheio de medo que olhava para os dois lados da rua enquanto todas as cinzas e névoas voltaram a passar e a cair sobre nós e sobre tudo. Segui seu corpo que passou por um pequeno portão e um pequeno trecho com grama, parou diante de uma porta com dois vidrinhos colocados no alto da porta, que permitia ver o teto na parte interna da casa, e bater com delicadeza na porta, sem pressa, sem ofender a pessoa que estava dentro da casa e possivelmente o esperava. As horas eram diferentes e a luz era diferente, mas percebi logo que aquela casa era a casa do amigo que meu pai havia levado para se vingar do homem estrangeiro que acabou morrendo por suas próprias pernas. Pelos gestos do meu pai, ele continuava com o mesmo medo e apreensão, da mesma forma como ele tinha sentido naquela noite diante do amigo, apenas toda a sua covardia era mais visível embaixo da claridade fosca e nublada do dia do que na escuridão daquela noite. Logo o amigo abriu a porta e meu pai repetiu os mesmos gestos que fez durante aquela noite; abaixou a cabeça e se afastou enquanto o homem passava pela grama e entrava no carro sem olhar para mim, sem notar a minha presença, como se eu não existisse, ou como se eu não merecesse ser notado ou cumprimentado, como se eu fosse um estorvo e estivesse ali atrapalhando a viagem que seria realizada. Notei que o seu rosto era um pouco parecido com o do meu pai, o nariz era fino e comprido, os olhos eram escuros, a testa era larga e curta. Pensei em um parentesco que meu pai nunca havia me revelado: um irmão desconhecido, um primo de segundo ou terceiro grau, um tio mais velho e quase da mesma idade, mas não cheguei à conclusão alguma. Logo depois meu pai retornou, bateu o portão do carro com força e raiva, ligou o carro e começamos a andar. Seguimos em silêncio, nenhuma palavra era dita, todos os prédios e casas passavam rápidas diante dos meus olhos, meu pai e o seu amigo não se olhavam ou faziam qualquer gesto, nenhum dos dois indicava uma direção ou erguiam a mão o mínimo que fosse. Passávamos pelas ruas que estavam vazias em que não havia qualquer pessoa ou veículo, apenas as névoas eram cortadas pelo carro que cobriam a nossa visão por alguns segundos, as cinzas e a fuligem não conseguiam chegar até os nossos rostos devido à velocidade do carro e ao vento que começou a soprar forte e frio sobre nós, sobre tudo, por toda a cidade. Depois de certo tempo que não sei precisar, e depois de repetirmos ruas, passamos em frente a uma casa de tijolos vermelhos que ficava em uma esquina por no mínimo duas vezes, começamos a andar por um trecho de terra em que os prédios e as casas foram sumindo aos poucos, para depois restar apenas duas imensas planícies que se estendiam nos dois lados da estrada e acabavam em nada, em um horizonte que nada mais era que a continuação da terra escura que ficava à margem da estrada, uma terra escura com algumas árvores podres e soltas que de repente surgiam na planície e logo sumiam com a velocidade do carro conforme avançava. Na estrada o cheiro de ossos queimados ficou mais forte, junto com a névoa e as cinzas e a fuligem que, mesmo com a velocidade do carro, começou a nos sufocar, a cobrir a nossa visão, a cair sobre nossos braços e rostos cada vez mais em grãos maiores e quase pesados. Ali eu comecei a pensar para onde rumávamos, para onde seguíamos e se havia a fuga possível que meu pai tanto almejava, porque minha mãe não estava dentro do carro que fugia da cidade, do horror e do vazio permanente da cidade, um horror e um vazio que apenas continuava enquanto nos afastávamos da cidade. Achávamos que fora da cidade haveria a liberdade e a salvação, quando na verdade tudo permanecia o mesmo, apenas não havia as esquinas, ruas, prédios e as casas, mas havia a eterna linha reta da estrada que dava para o nada e o vazio, enquanto tudo que nos cercava e nos afligia na cidade permanecia ao nosso redor e às vezes pior, como naquele momento. Tudo permanecia o mesmo em qualquer direção, longe ou perto, para o norte ou para o sul, não havia como escapar e possivelmente meu pai sabia disso, apenas fingia para si mesmo que havia uma possibilidade de fuga, tentava esconder o seu medo e a sua covardia que só aumentava com o tempo e cada vez mais ficava mais visível, cada vez mais ridícula, cada vez mais estúpida e previsível. Ele fingia para si mesmo e para mim que aquela reta na estrada cercada pelo vazio nos levaria para algum lugar melhor, quando não havia lugar melhor, apenas pior ou muito pior do que a cidade. Depois de o carro passar pela névoa que ia do chão ao céu, finalmente algo apareceu no final do horizonte, duas linhas negras que se estendiam para direita e para esquerda, enquanto no centro, que seria o caminho por onde a estrada passaria, havia um ponto vazio. Logo lembrei do sonho que tive, da fábrica da morte, da mulher e do homem que me levaram sem que eu desejasse e ficasse preso a eles pela estrada que parecia semelhante a essa, e talvez fosse a mesma estrada, do cheiro de ossos que me sufocou enquanto eu me debatia no chão e do muro que partia para os dois lados da estrada e avançava na escuridão a partir da fábrica. Pensei de imediato que meu pai não pretendia fugir, mas destruir a fábrica, e logo vi o carro rumando contra a fábrica enquanto eu gritava para que ele parasse, e o carro avançava pelo portão de ferro, capotava e batia na porta em que a mulher e o homem entraram no meu sonho, atingindo a parede e fazendo com que toda a fábrica ruísse sobre nós, cada pedaço e tijolo da chaminé nos atingissem ao mesmo tempo, enquanto via meu pai sorrir mesmo no escuro e coberto de poeira, cinzas e tijolos. Mas enquanto nos aproximávamos, a fábrica e a chaminé não surgiam, apenas o muro crescia em ambos os lados da estrada e se tornava maior. O centro, onde a estrada deveria acabar e conter a fábrica e a chaminé, onde o muro se dividia em duas partes, parecia vazio , como se ali ou a partir dali, não houvesse nada. Passamos por outra névoa densa e pesada, voltamos a sentir a fuligem e as cinzas cada vez maiores, assim como o cheiro de ossos. Meu pai e meu tio ficaram um pouco mais agitados, olhavam para os lados e possivelmente tentavam achar o final de cada muro em ambas as direções, mas o final nunca surgia e enquanto avançávamos, o muro se ampliava ainda mais, tanto para os lados quanto para o alto. Passamos por outra névoa e eu e meu pai tossimos, menos seu amigo, que não emitia som algum, fosse uma tosse ou uma palavra qualquer. Finalmente chegamos diante do muro e não havia fábrica ou qualquer sinal da fábrica e da chaminé, nem mesmo o portão de ferro existia, apenas uma abertura entre os dois muros que mediam possivelmente cerca de vinte ou trinta metros. Meu pai parou o carro um pouco antes e não se moveu, ficou olhando através do para-brisa a abertura e a estrada que parecia continuar depois dela. Até que o amigo do meu pai saltou e começou a andar pela estrada, meu pai acompanhou seus passos enquanto ele se afastava, indeciso se saía ou não do carro, até que saiu do carro e começou a segui-lo. Eu também estava indeciso se devia sair ou permanecer, acabei saindo do carro e comecei a seguir os dois à distância. Outra névoa nos cobriu e escondeu meu pai e seu amigo. Parei de andar e esperei que ela passasse por mim. Quando voltei a ver a estrada, os dois já estavam no muro e meu pai se aproximava do seu amigo que observava a abertura e o caminho a partir dela. Corri um pouco e os alcancei. E antes de me aproximar completamente, eu já enxergava o que havia depois da abertura, a estrada que avançava por cerca de dez metros e terminava quando o terreno destruído e cheio de sulcos começava, o terreno cheio de lombadas e poças de água que formavam pequenos lagos que se estendiam até o horizonte. Pequenas árvores distantes e mortas balançavam no vento, os galhos se dobravam e retornavam, alguns tocavam nas águas paradas e formavam pequenas ondas. O terreno todo era uma planície pantanosa onde ninguém conseguiria caminhar ou qualquer coisa poderia passar, nem mesmo um tanque ou um trator, e esse pensamento não foi meu, meu pai foi quem disse quase chorando e olhando para o chão com a voz quase nula e apagada, nem mesmo um tanque ou um trator passaria. Nada pode passar por isso aqui, nada, nada e ninguém, depois se calou e ficou calado por um longo tempo. O amigo dele não falou nada, apenas olhava para o chão. Sem que eles percebessem meu movimento, eu dei alguns passos para trás e olhei para os dois lados da planície por onde o muro avançava, não conseguindo ver um fim em nenhum dos dois lados, apenas a eterna continuação dos tijolos negros em linha reta. Voltei para perto deles e tentei ver alguma fundação no chão ou algum tijolo que demonstrasse que ali já havia existido uma fábrica e uma chaminé como no meu sonho e não consegui ver nada, apenas terra revirada e água, como se todo aquele terreno fosse construído para impedir qualquer passagem de alguém ou algum veículo, já que no nosso lado do muro, não havia nenhuma poça ou qualquer sinal de água, a terra era seca e negra e completamente estéril; assim como no outro lado, apenas a diferença era que existiam água e sulcos abertos na terra encharcada e negra, ao invés de terra seca. Ficamos parados por muitos minutos, sem falar nada, sem dizer nada, sem nenhum dos três olhar para o rosto do outro, sem nenhum dos três querer olhar o rosto do outro para não ver o medo e a angústia estúpida que permaneceu por nossos rostos durante aqueles minutos, nossa angústia por algo que não poderia ser mudado e nem tínhamos forças para mudar.

Permanecemos parados, olhando para o terreno que nos daria a liberdade e que fora destruído por forças ou pessoas que nos odiavam, mas que não queriam a nossa morte. Essas pessoas queriam que permanecêssemos cercados pelo vazio e tropeçássemos e errássemos por todas as direções possíveis sem haver esperança de alguma morte ou de alguma fuga, apenas permanência e imobilidade. Eu não entendia, e com certeza meu pai ou o seu amigo também não, o real motivo daquela tortura branda e constante ao invés de um julgamento sumário e honesto, o fim de tudo, a destruição de tudo. Talvez meu pai soubesse o motivo da tortura, e até concordasse com ela devido aos crimes que eles haviam cometido no passado; crimes esses que não sei quais foram e nunca me foram ditos, nem por ele e nem por ninguém, crimes que não sei se eram graves ou leves, um passado e um crime que não pertenciam à minha época, mas que meu pai sempre mencionava em algum momento em que pensava alto e achava que eu não estava próximo. Mas ele não esperava por aquele aprisionamento e sufocamento, por aquele eterno nada que nos cercava dia após dia, noite após noite, ano após ano. Permanecemos parados olhando para o nada, para não termos que olhar para nossos rostos, para que cada um não pudesse ver a miserabilidade que havia em cada olhar e em cada gesto que poderíamos fazer. Continuamos parados e continuaríamos parados se não fosse uma névoa que surgiu distante pelo campo encharcado, uma névoa que vinha direto para nossos rostos, trazendo o cheiro de ossos, fuligem e cinzas junto com o vento que começou a soprar. Antes que a névoa chegasse, já nos sentíamos sufocados e começamos a tossir, o primeiro som que fizemos em minutos, nossas tosses entrecortadas enquanto sentíamos os primeiros grãos pesados e duros que começaram a tocar nossos rostos e braços. Ainda ficamos um segundo ou dois olhando a névoa que se aproximava, antes que o amigo do meu pai passasse por mim e começasse a correr em direção do carro, seguido por meu pai e depois por mim, todos correndo do mesmo modo, com os braços e as pernas abertas enquanto tossíamos sufocados e ridículos. Meu pai e seu amigo entraram e ligaram o motor, eu pulei a lateral e caí sobre o banco de trás. Meu pai deu marcha à ré virando o carro e acelerou sobre o terreno para depois voltar para a estrada em direção à cidade, eu me sentei no banco e vi a areia que foi erguida pelos pneus sendo cercada pela névoa cinza e escura que cobria a estrada e também toda a abertura, além de parte dos dois muros e continuava avançando na nossa direção. Continuei observando a abertura e o muro e a névoa na esperança de ver novamente a fábrica ou chaminé, na esperança de que elas surgissem para ter algo concreto contra o que lutar, algo concreto para que pudéssemos lutar e destruir ou morrer tentando, mas não surgiu nada, apenas o muro sumiu devido à distância que o carro já alcançava, virei o rosto e vi a cidade que se aproximava, os prédios e as casas cercadas também por névoas, cinzas e fuligem, todas as ruas imersas em cinzas e nenhum inimigo com quem lutar, sem ninguém para vencer ou derrotar, e os inimigos que poderíamos vencer ou com quem lutar tropeçavam nas suas próprias pernas bêbadas e morriam por seus próprios passos, os inimigos de quem podíamos nos vingar de tudo que nos sufocava não permitiam nem mesmo a nossa vingança, nem mesmo a nossa fuga, nem mesmo a nossa derrota ou morte através da luta; nos negava, nos esquecia, nos enchia de ódio por impotência, nos transformava em assassinos sem termos como sujar nossas mãos com sangue. Retornávamos porque não poderíamos fugir, retornávamos porque estávamos com medo, retornávamos para permanecer e apenas continuar vivos, respirando, caminhando, cada vez mais sufocados, cada vez mais cheios de ódio, cada vez mais com medo enquanto dormíssemos ou estivéssemos acordados, e nada mais. Assim como eu não consegui fugir naquele dia, não poderia fugir diante dos soldados que avançavam, dos barcos que avançavam, do mar que avançava e crescia cada vez maior, tudo cada vez maior ao meu redor, sem nenhuma brecha ou perspectiva de fuga. Apenas restava meu medo e a metralhadora, meu corpo cheio de medo que continuava a atirar mesmo sem enxergar nada, mesmo sem precisão alguma, mesmo sem saber em quem ou o que conseguia atingir e destruir, apenas guiava o cano da metralhadora para os soldados, barcos, névoa e ondas que se tornavam alvos iguais e idênticos, alvos que se moviam e avançavam em minha direção e que mereciam ser contidos, alvos que queriam apenas a minha destruição e nada mais, alvos que queriam me sufocar ou anular meu corpo que apenas se defendia, que apenas destruía tudo ao seu redor por ter diante de si algo para destruir e anular como eles haviam me ensinado, como eles haviam me educado e transformado ao longo de anos, dia após dia, noite após noite, horas após horas. Outra névoa densa e pesada cobriu a minha visão. Coloquei outro cartucho e olhei as balas com carinho e afeto que se alinhavam diante de mim como a única coisa que me restava, como a única esperança que me restava, como a minha única fuga possível e a minha única salvação, antes de posicionar a arma na direção da névoa, na direção do nada, respirar por alguns segundos o ar sujo e pegajoso, o ar morto, e começar a atirar sem retirar os dedos do gatilho. As balas brilharam e avançaram e tudo se fez luz, novamente. E quando a névoa passou por mim e avançou sobre a areia e as ondas na direção dos outros trechos da praia, eu vi os barcos que atingi e não foram atingidos, eu vi os soldados que atingi e não foram atingidos, eu vi os barcos e os soldados que ainda avançavam mesmo atingidos, e comecei a atirar novamente antes que outra névoa cobrisse a minha visão, antes que as ondas empurrassem tudo e todos ainda mais para a faixa de areia, comecei a atirar mais rápido e preciso em tudo que se movia, seja humano ou não, estivesse vivo ou não.

7.

E outros soldados, mesmo enquanto eu atirava sem parar, mesmo cercados por minhas balas que voavam para todas as direções, começaram a enterrar os seus mortos, começaram a cavar e a enterrar os primeiros soldados que haviam morrido, os primeiros soldados que eu havia atingido fazia seis, sete ou oito horas, os primeiros soldados que sangraram e, com o avançar das ondas, haviam sido empurrados para a areia, lentamente, enquanto o mar crescia. Dois ou três soldados que não consegui atingir, cavavam com as mãos o buraco em que enterraria o soldado morto que estava ao lado deles. Dois deles cavavam rápido enquanto o terceiro retirava a areia seca que era escavada, formando um monte que subia rápido ao lado do soldado morto, um monte de areia seca que depois se tornava úmida e molhada quando eles chegavam a certa profundidade. Permiti e acompanhei o primeiro grupo de soldados que faziam essa operação. Continuei atirando nos soldados que avançavam pela praia e pulavam dos barcos, mas paravam por quatro ou cinco segundos para acompanhar o acúmulo de areia e os corpos dos dois soldados que se afundavam cada vez mais no buraco que eles mesmos escavavam. Depois voltava a atirar mesmo cego momentaneamente pela névoa. Permiti e acompanhei apenas o primeiro enterro. Depois que os dois soldados que escavavam saíram do buraco, o terceiro puxou o soldado morto pelas pernas e o jogou de qualquer forma, com o seu tronco torto e as pernas saindo um pouco do buraco que não ficou comprido o suficiente para o seu corpo. Depois, os três empurraram a areia sobre o buraco com os pés e as mãos, sendo que a bota do soldado morto ainda ficou para fora. E depois que os três soldados tentavam voltar para a linha de avanço dos outros soldados, eu os atingi pelas costas e os três morreram no mesmo momento, com os braços e as pernas abertas, os rostos virados para o chão, entrelaçados, um sobre o outro, formando um monte de corpos, um monte igual ao que eles formaram dez segundos antes de morrerem, um monte de corpos igual ao monte de areia, o mesmo tamanho e bem próximo um do outro. Permiti e acompanhei apenas esse enterro porque, quando outro começou a se desenvolver, três soldados ainda vivos, três soldados que podiam avançar e combater e ainda respirar por mais tempo, ao invés de fazer aquela operação estúpida e desnecessária, uma operação de bondade e respeito por seus soldados mortos, mas uma operação estúpida e que não resolveria nada, quando três soldados começaram a carregar um soldado morto pelas pernas e pelos braços, quando eles começaram a tropeçar e a correr curvados devido ao peso morto, ao peso morto cheio de areia e água e sangue e carne, quando uma névoa deixou de cobrir a minha visão e já um deles se agachava para fazer o primeiro movimento de escavar com as mãos em formato de concha, eu comecei a atirar e os atingi pelas costas, dez ou doze balas os atingiram e todos caíram ao mesmo tempo e do mesmo modo, as pernas e os braços abertos, os rostos virados para o chão, um sobre o outro, formando um monte composto por quatro corpos, um monte maior que o outro monte que havia formado antes. Pensei que eles parariam com aquela loucura, com aqueles movimentos estúpidos, com aquele erro, mas outros grupos de três homens carregando um soldado morto, os soldados que primeiro haviam morrido e estavam mortos há horas, cada vez mais inchados e pesados devido à areia e à água do mar, surgiam diante de mim correndo e avançando pela areia, tropeçando e lentos, bem diante de mim, bem diante da minha metralhadora, como se caminhassem para mim com o desejo de morrer, com o estranho desejo de morrer. Mas talvez eles apenas quisessem fazer algo correto, algo necessário, algo com início e fim, algo que deveria ser feito e alguns outros soldados, os soldados que avançavam sem olhar para os lados, os soldados que avançavam pela areia e queriam conquistar cada passo e cada trecho, não queriam fazer, não desejavam fazer e apenas queriam conquistar cada trecho da praia para que outros pudessem avançar, para que outros conquistassem um trecho maior e avançassem, avançassem pela praia e avançassem cada vez mais para mim, cada vez mais em minha direção. Os soldados que carregavam seus mortos queriam apenas enterrá-los com o mínimo de dignidade possível, apenas cavar e cobrir os corpos mortos com areia, eles não queriam que esses corpos definhassem, fedessem e inchassem diante de seus olhos, não queriam aquele horror diante de seus olhos, não queriam e não permitiam isso, mesmo sabendo que possivelmente seriam mortos assim que começassem a carregar algum corpo, mesmo sabendo que não dariam nem dez passos, talvez nem cinco, e iriam cair e morrer e definhar do mesmo modo como o corpo que eles carregavam havia caído e morrido e definhado, mesmo sabendo que os seus corpos federiam e inchariam como o corpo que eles carregavam havia fedido e inchado. Tentavam enterrar os seus mortos, mas não conseguiam, assim como eu não consegui enterrar minha mãe, assim como eu e meu pai não conseguimos enterrar a mulher que nos acompanhou e me gerou, a mulher que sofreu ao nosso lado, nos protegeu, nos guiou por caminhos precisos e exatos, o caminho correto, nos mostrou e gerou todo o início e o fim das nossas vidas, e que morreu em uma manhã sem que eu a visse antes de morrer, sem que soubesse que ela definhava, sem que eu soubesse por dias e dias onde ela estava, sendo que ela estava bem próxima, quase dez passos, talvez vinte passos de mim. Ela morreu e meu pai me acordou para que eu a visse. Acordou-me e disse: a sua mãe morreu, ela está no andar de cima. Disse isso olhando para o chão, sem que eu, ainda recém acordado, pudesse assimilar a sua frase e os seus gestos, a sua cabeça na direção do chão, a sua voz sem nenhum sentimento, os seus olhos que não queriam encarar os meus, o seu corpo curvado e cansado, apoiado na parede, as suas mãos que tremiam e todo o seu corpo definhando mesmo que ainda estivesse vivo, todo o seu corpo mesmo ainda vivo definhava e parecia morto, sem nada, vazio, escorado na parede, enquanto esperava que eu assimilasse as palavras, enquanto esperava que eu visse a realidade que me cercava. A morte que finalmente nos havia alcançado e havia retirado daquela realidade terrível alguém que nos era próximo, alguém que tinha o mesmo sangue que eu e agora não mais sangraria, apenas apodrecia em cima de uma cama. Continuei parado, sem entender as palavras do meu pai, sem entender nada que havia realmente acontecido, ainda com sono, ainda cansado apesar de ter dormido muitas horas, a primeira noite em anos que havia conseguido dormir por horas seguidas sem o cheiro de ossos e das cinzas incomodarem o meu sono, sem que eu lembrasse por muitos anos o sonho que tive naquela noite, sendo que eu sempre lembrava dos meus sonhos, sendo que os meus sonhos eram o meu único refúgio da realidade que me cercava. E pensei rapidamente, sem me importar muito no exato momento em que pensei, naquela hora em que estava deitado na cama e observava meu pai e os gestos que ele fazia, mas apenas dias depois, que talvez devido ao meu sono excessivo, ao meu sono que me arrastou por horas, eu era o culpado pela morte da minha mãe, eu era o culpado por seu desaparecimento e definhamento, eu era o culpado por sua morte devido à minha preguiça e relaxamento, eu era o culpado por não estar ao seu lado, eu era o culpado por não tê-la procurado por aqueles dias em que sentia, de forma mais intensa no último dia que antecedeu sua morte, seu desaparecimento e sua morte, a sua morte e o seu desaparecimento palpável, quase sólido diante de mim, a sua morte e o seu desaparecimento sentidos antes que de fato eles ocorressem. Naquele momento eu tive esse pensamento rápido e que logo desapareceu devido ao movimento de saída do meu pai, os seus primeiros passos depois de segundos escorado na parede, segundos que pareceram horas e dias, os seus primeiros passos arrastados enquanto saía do quarto e passava a sala às escuras e saía de casa em silêncio e sem olhar para mim, sem olhar para mim que permanecia parado, sentado na cama, sem nenhum movimento, sem realmente sentir nada, apenas cansaço e sono, apenas cansaço e sono mesmo depois de dormir por horas e horas. Então, minutos depois da saída de meu pai, eu consegui levantar, e ao levantar eu senti dores na coluna e nas pernas e nos braços, dores por todos os meus ossos, dores por cada mínimo pedaço de todos os meus ossos, dores que fizeram com que eu parasse de respirar, dores que fizeram com que eu parasse de respirar e voltasse a sentar na cama, e sentando novamente na cama, eu consegui respirar depois de cinco ou seis segundos completamente sufocado, completamente sem ar. Depois de conseguir respirar, depois que consegui sorver o primeiro ar sujo do quarto, o ar com cheiro de ossos e cinzas, o primeiro ar que queimou a minha garganta, já que o havia puxado pela boca, o primeiro ar que queimou meus pulmões e percorreu meu corpo gelado e frio, percebi que as dores que sentia em todos os meus ossos também haviam sumido, todas as dores que impediram que eu caminhasse até a sala haviam sumido, havia voltado a sentir todos os meus ossos em perfeito estado, assim como a minha respiração que sorvia o ar sujo e poluído de sempre, o ar que sempre me cercava. Quando eu pensei em caminhar até a sala, visava alcançar uma cadeira que estava na penumbra de uma parede, uma cadeira pequena e sem encosto que ficava sempre próxima da escada, escada essa que levava ao segundo andar onde a minha mãe estava. Mas a minha intenção naquele momento não era subir as escadas, apenas sentar na cadeira. O único pensamento que me ocorreu quando eu me levantei foi apenas me sentar naquela cadeira e não levantar e subir as escadas que me levariam até minha mãe. Naquele momento eu não havia pensado nela, apenas queria me mover um pouco e sentar novamente em outro local que não fosse a cama, talvez imaginando de forma confusa e vaga, já que era assim que eu pensava naquele momento, que ao sentar ali eu conseguiria assimilar tudo que foi dito por meu pai de forma mais clara, assimilar que minha mãe havia morrido e estava no segundo andar da casa deitada sobre uma cama, assimilar a realidade de forma integral e reagir, pensar algo à respeito, superar o sono e cansaço, conseguir chorar e me entristecer, sentir pena de mim mesmo, sentir pena de meu pai, sentir ódio de quem havia formado e desenvolvido aquele destino que não queríamos e que não desejávamos, sentir ódio de quem havia formado aquele destino que havia sufocado a minha mãe e a fez definhar sobre uma cama depois de dias desaparecidas, dias que com certeza foram escondidos por meu pai para que eu não a visse naquele estado, na iminência de morrer. Mas apenas dias depois que minha mãe morreu foi que eu constatei esse fato. Quando levantei da cama eu não desejava seguir até ela, mas apenas sentar na cadeira para pensar melhor sobre as palavras de meu pai, sentar e apenas pensar, formar um pensamento e um sentimento concreto, um pensamento que me foi negado pela falta de ar e as dores nos ossos, dores e falta de ar que nunca havia sentido e que nunca havia pensado em sentir, principalmente naquele momento, em que minha mãe havia morrido e eu permanecia sentado em uma cama sem que conseguisse pensar em nada, sem que sentisse nada e nem conseguisse me mover. E novamente, sem que eu pensasse em subir a escada, apenas desejando chegar e sentar na cadeira que estava antes da escada, novamente sem pensar em minha mãe, levantei da cama e tentei caminhar, dei um passo curto e depois outro passo longo, mas logo voltei a sentir as dores nos ossos, por todos os ossos, e a respiração que não existia, o ar que também havia sumido e que retornou somente quando eu voltei a sentar na cama, retornando os dois passos que já havia dado, um passo longo e um passo curto, sentando na cama e aspirando o ar sujo que me cercava, o único ar possível, espalhando aquele ar sujo que queimou a minha garganta e meus pulmões e se espalhou por todo o meu corpo novamente enquanto voltava a sentir todos os meus ossos em perfeito estado, todo o meu corpo novamente. Depois eu deitei e desisti de levantar, não conseguiria levantar mesmo que tentasse. Estava preso, estava imóvel, não conseguiria levantar da cama e subir a escada para ver minha mãe, para ver seu rosto pela última vez, mesmo que morto, contorcido, um rosto que fazia dias que não conseguia ver e imaginava dessa forma, contorcido, sufocado, coberto por uma leve camada de cinzas, fuligem e poeira, cercado pela escuridão do quarto, pela escuridão que sempre estava em todos os locais que pudéssemos estar mesmo em pleno dia. Deitado na cama foi que percebi que eu queria ver a minha mãe, que deveria ver a minha mãe, somente ali e naquele instante percebi que minha mãe realmente estava morta, consegui assimilar todas as palavras de meu pai, todos seus gestos, toda sua dor e silêncio, tudo que realmente me cercava e a verdadeira realidade, a realidade que era mais terrível do que qualquer pesadelo e estava bem diante de mim, palpável, visível, presente, tocando meu rosto, queimando meus pulmões, impedindo que meus passos prosseguissem e avançassem para onde desejava chegar. Não havia nada que pudesse fazer, não havia nada que pudesse modificar minha situação, eu não tinha forças para me mover, nem ninguém teria forças para me mover da cama e me levar para que eu visse o rosto da minha mãe pela última vez. Quem tentasse me mover, mesmo carregado, também me sufocaria, me sufocaria ao deixar evidente minha fraqueza e falta de força, talvez apenas para mim, mas estaria evidente, a pessoa que tentasse me carregar me sufocaria com o seu sentimento de pena por mim, com o seu carinho por mim, com o seu afeto por mim, afeto e carinho que não merecia, porque eu era um fraco e não conseguia nem dar alguns passos até a cadeira, e da cadeira subir pelas escadas e chegar até minha mãe, porque eu era um fraco por ter dormido por tanto tempo, porque eu era um fraco e um preguiçoso e não merecia ver o rosto da minha mãe pela última vez, o rosto dela que deveria estar sufocado e coberto de cinzas, um rosto que mesmo respirando o ar sujo e pegajoso, havia lutado até o último segundo, havia lutado e pensado em mim e em meu pai, não havia se afundado em egoísmos que alguém doente e próximo da morte teria, mesmo próximo da morte lutava por mim e meu pai para que ainda tivéssemos o seu rosto, para que ainda tivéssemos sua presença, para que, com sua presença, nos fortalecesse e nos ajudasse, nos ajudasse a lutar contra a terrível realidade que nos envolvia e que nos sufocava, a realidade que a havia matado, mas que ela havia lutado com todas as suas forças antes de morrer. Então, simplesmente, eu fiquei olhando para a janela até pegar no sono, como um preguiçoso, como um covarde, como um nada, e comecei a dormir. Dormi e dormi por horas e horas, até que fui acordado com vários passos próximos de mim, passos que estavam próximos, mas não estavam ao lado da minha cama e dentro do meu quarto, passos que se moviam rápidos e pareciam correr, passos que subiram as escadas com rapidez e agilidade, passos que me encheram de ódio por mim mesmo devido à minha imobilidade, devido à minha covardia e à minha fraqueza que não permitiam que eu me movesse e subisse as escadas correndo como eles corriam, que não permitia que eu me movesse como eles se moviam. Fui acordado, mas permaneci com os olhos fechados, sem me mexer, completamente imóvel. Não queria ver as pessoas que enterrariam a minha mãe, as pessoas que fariam o meu dever, que fariam o que eu, como filho, deveria fazer e não poderia fazer por simplesmente não conseguir sair da cama, por não conseguir nem dar dois passos, nem dois míseros passos, nenhum passo em sua direção. Não queria ver as pessoas que já traziam o caixão e começavam a subir as escadas. Conseguia ouvir claramente as bordas de madeira do caixão batendo ocasionalmente nas paredes e nos degraus, o caixão que subia em direção à minha mãe. Não queria ver as pessoas que faziam o trajeto que meu corpo deveria fazer e que faziam os gestos e movimentos que eu deveria fazer, que olhavam para o rosto da minha mãe e possivelmente sofriam no meu lugar, sendo que era eu quem deveria estar sofrendo diante dela e com meus olhos. As pessoas que olhavam para o rosto morto da minha mãe e que, mesmo frio e sem vida, havia lutado e vencido, um rosto que mesmo depois de morto estava cercado de vitória e luta contra tudo que nos cercava, contra tudo o que era terrível e nos cercava, e mesmo morto permanecia como um símbolo de vitória, uma símbolo vivo de vitória, um símbolo de vitória que meus olhos não veriam, mas seria visto por pessoas que nem a conheciam, que nunca a tinham visto e nem sabiam o quanto ela tinha lutado antes de chegar até aquele ponto em que não havia mais retorno, aquele ponto em que mais nada acontecia e apenas permanecia, mesmo que seu rosto estivesse coberto de cinzas, mesmo coberto de fuligem e cercado pelo cheiro de ossos, o eterno cheiro de ossos. Comecei a ouvir o bater do caixão mais pesado pelas paredes e pelos degraus, comecei a ouvir os passos que escorregavam e tropeçavam pelos degraus da escada, comecei a ouvir as pequenas vozes das pessoas desconhecidas que desciam e lutavam para sustentar o peso do caixão, que lutavam para que ele não caísse no chão, comecei a ouvir todos os sons que me humilhavam e revelavam a minha própria natureza, a minha real natureza, a minha pequena natureza. Continuei com os olhos fechados quando o cortejo passou pela sala. Não abri meus olhos e não virei o rosto, não me movi. Então, a porta da sala foi aberta, rangeu, e meu pai com a voz quase nula disse qualquer coisa que eu não pude escutar antes de bater à porta e sair junto com todos eles, junto com o corpo da minha mãe dentro de um caixão. Depois, logo depois, e nos primeiros segundos, eu senti o silêncio me cercar, o silêncio total, nenhum barulho, apenas o meu coração que pulsava. O meu coração que apenas eu conseguia escutar pulsando bem lento, quase nada, quase nulo, bem fraco, bem pequeno, bem mesquinho. E a partir dali apenas imaginei quais seriam as ruas que eles passariam e como seria o cemitério que eu nunca havia conhecido e quem a enterraria e quais gestos meu pai faria, como estaria seu rosto, e, principalmente, o que ele pensaria do filho que não conseguiu levantar da cama para enterrar a mãe, o filho que continuou dormindo depois de escutar as suas palavras sendo anunciadas, o filho que viu toda a movimentação pela casa e, mesmo assim, continuou deitado sobre a cama dormindo como se nada estivesse acontecendo, como se nada tivesse importância, como se a mãe do próprio filho não existisse e ele nunca tivesse tido uma mãe, nem pai e nem ninguém, apenas ele, ele e seu egoísmo, ele e sua estupidez, ele e sua covardia. Imaginei o seu pensamento sobre um filho completamente diferente daqueles filhos que morriam ao enterrar outros filhos que nem conheciam, um filho completamente diferente dos soldados que avançavam pela praia com o intuito de enterrar outro soldado que eles nem conheciam, um filho que também era soldado e matava outros soldados que tentavam fazer o que ele não conseguiu fazer, o que ele teve medo de fazer, o que ele não teve forças para fazer, um filho completamente diferente dos soldados que, por tentar enterrar seus mortos, os mortos que eles nem conheciam e com quem não tinham nenhum parentesco, morriam sem saber por que morriam, por que havia alguém que negasse algo tão humano, por que havia alguém que os impedia e os matava, e mesmo sabendo que morreriam, esses mesmos soldados continuavam a tentar enterrar outros soldados mortos, continuavam a carregar o peso morto que poderia ser esquecido, continuavam a avançar tropeçando pela areia, continuavam a parar no mesmo local onde todos se dirigiam e morriam como todos os outros que fizeram o mesmo movimento de enterrar os seus mortos que nem conheciam. Mas mesmo com esse pensamento, mesmo tentando imaginar o que meu pai pensava sobre mim naquele momento, e possivelmente eu soubesse a resposta sem precisar pensar ou imaginar tanto, eu continuei atirando em todos os soldados que tentavam enterrar os seus companheiros mortos, continuei atirando porque durante aquele trajeto que os soldados vivos faziam, aquele trajeto em que eles tropeçavam com um peso morto e desnecessário e avançavam pela areia, era fácil atingi-los, era fácil matá-los, era fácil e também necessário, porque para carregar o corpo de apenas um soldado, eram necessários três soldados que nesse momento ficavam vulneráveis, três soldados que estavam próximos e uniformes como se formassem apenas um, três soldados que descansavam as suas armas sem ter como se defender ou atirar contra mim, três soldados que possivelmente depois atirariam em mim, três soldados que depois se dispersariam pela praia e avançariam cada vez mais em minha direção, cada vez mais próximos, cada vez maiores em quantidade e número, assim como os barcos que se multiplicavam, assim como o mar que crescia, assim como as ondas que se ampliavam, assim como as névoas cada vez mais lentas, cada vez mais pesadas unicamente para atrapalhar minha visão, unicamente para impedir que eu atirasse, unicamente contra mim. Enquanto atirava em um barco, outro grupo de três soldados começaram a avançar pela faixa de areia com outro soldado morto. Esperei que eles avançassem, esperei que eles soltassem o corpo morto na areia, esperei que o primeiro se abaixasse e fizesse com a mão uma pá formada por dedos para começar a escavação, esperei que os dois outros soldados respirassem e descansassem, e somente depois de todos esses movimentos, somente depois desses pequenos segundos de vida, eu atirei, atirei e acertei todos no mesmo momento, e todos caíram uns sobre os outros, um monte formado por quatro corpos que era coberto pela névoa que se aproximava. Atirei e continuei atirando em todos os grupos que se formavam diante de mim, em todos os soldados que não podiam lutar, em todos os soldados que eram melhores do que eu, mais fortes do que eu, mais corajosos do que eu e que estavam vulneráveis e não podiam se defender. Estavam vulneráveis devido à própria estupidez deles, à própria ignorância deles, à própria burrice deles, atirei e continuei atirando em todos os soldados que, possivelmente, depois não teria chance de acertar, soldados que depois avançariam em minha direção, soldados que possivelmente depois apontariam as suas armas para mim e atirariam sem pensar duas vezes, soldados que avançavam e me matariam sem o menor sentimento quando, possivelmente, estivessem diante de mim, estivessem diante de mim com suas armas, soldados que me matariam sem sentir nada por mim, que estava diante deles, cheio de medo, cheio de sentimento, cheio de sentimentos que foram perdidos, eles atirariam em mim assim como eu não tinha sentimento algum por eles e por todos os seus sentimentos, não tinha sentimento algum por toda a hombridade e coragem deles em tentar enterrar seus mortos, por toda a dignidade que eles possuíam em tentar enterrar seus mortos, por toda a humanidade que eles possuíam em enterrar seus mortos. Continuei atirando sem parar, mesmo cego pelas névoas, mesmo sem saber em quem acertava e no que acertava. Continuei atirando.

8.

E não havia mais nada que pudesse fazer a não ser atirar sem parar para qualquer direção sem a menor ordem ou precisão em meu tiro, já que havia barcos e soldados se movendo por todas as direções da praia, milhares de barcos e soldados que se moviam mais rápido do que eu e com uma quantidade que apenas um homem, como era eu naquele instante e desde o início, não poderia conter no extenso trecho que deveria proteger, mesmo armado com uma metralhadora. Olhei para o chão aos meus pés e percebi cheio de medo que as balas estavam acabando e restavam apenas quatro longas tiras, que pelos meus cálculos, e com base nas horas anteriores que passei atirando e repondo as tiras na metralhadora, só durariam no máximo uma hora, talvez nem mesmo isso. E ainda havia as névoas e a falta de vento, as névoas que cada vez mais demoravam em passar, cada vez mais anulando a minha visão, a minha visão cada vez menor em meus olhos cada vez mais cegos, devido à brancura da névoa e ao cansaço. Estava no fim e não havia mais como fugir desse fato, estava no fim e depois que as balas acabassem eu só poderia aguardar que todos os soldados avançassem, aguardar a sentença ou a falta de sentença, um julgamento ou a falta de julgamento, aguardar cheio de medo a minha morte com uma bala na cabeça ou por toda a extensão do meu corpo, uma morte igual à que espalhei e criei em todos os soldados. Não havia mais nada a fazer a não ser acertar o maior número de soldados ou barcos possíveis, o maior número de soldados móveis ou parados, soldados que acabavam de chegar ou soldados que já haviam chegado e estavam cada vez mais próximos de onde eu estava. Acertar os barcos ainda distantes e antes das ondas, ou os barcos que já haviam passado as ondas e todos os soldados estavam desembarcando. Não havia mais nada a fazer a não ser escolher qual alvo eu preferiria atingir e, com isso, retardar ao máximo o grupo de barcos ou soldados que eu achava que me matariam com mais ferocidade, deixando vivos os que me julgariam de forma mais lenta e aumentaria o tempo da minha vida, aumentaria a minha tortura e vergonha que, apesar de todos os meus esforços, apesar de toda a minha luta, tinha sido em vão, não havia servido para nada, apenas para retardar por algumas horas o avanço deles, horas que provoquei uma destruição e milhares de mortes que para nada serviu e nada adiantou contra o avanço gradual e constante e ilimitado de tudo que lutava contra mim, que estava contra mim, que avançava em minha direção e não havia como ser vencido, não havia como ser desviado, não havia como resistir ou conter. Já estava morto antes de morrer, já estava fuzilado antes de ser fuzilado, já estava enterrado antes de ser enterrado, já havia perdido antes de começar a vencer. Assim como meu pai, que já estava morto e enterrado no dia em que me despedi dele, no dia em que vi o seu rosto pela última vez, o seu rosto que havia perdoado todas as minhas falhas e fraquezas e olhou nos meus olhos com carinho e afeto no último dia que o vi antes de partir para o treinamento, o treinamento e a primeira batalha que não aconteceu e depois veio a segunda batalha que era esta batalha, diante da praia. Quando vi pela última vez o seu rosto, eu sabia que ele já estava morto e enterrado, que ele estava vivo diante de mim naquele dia quando vi seu rosto pela última vez, mas que depois que partisse, ele seria morto e enterrado. Tinha certeza que ele não aguentaria tudo que o cercava e morreria como minha mãe havia morrido, cerca de dois ou três anos atrás, dois ou três meses atrás, dois ou três dias atrás, antes do dia em que parti para nunca mais vê-lo. Sabia que ele não aguentaria tudo aquilo e morreria como minha mãe havia morrido: coberto de cinzas e fuligem, o eterno cheiro de ossos sobre o seu rosto.

Sabia que ele teria o mesmo fim que a minha mãe ou até mesmo um fim ainda pior que o fim dela, já que não haveria quem o enterrasse. Além de mim ele não tinha mais ninguém, todos os parentes estavam distantes ou mortos ou esquecidos no tempo. Talvez ainda existisse o seu amigo, que eu não sabia se era seu parente ou apenas um amigo de luta e desespero, mas também não sabia se esse amigo ainda estava vivo naquele último dia em que vi meu pai. Todos estavam mortos ou morreriam logo depois, não havia fuga possível, não havia vida para quem permanecesse na cidade ou no país. Talvez por isso meu pai tenha me enviado para o treinamento e a primeira batalha que não existiram, talvez por isso meu pai tenha me enviado depois para a segunda batalha. Eu não havia pedido nada, eu não queria sair de casa e aprender a atirar, eu nem sabia que havia uma guerra ou alguém realmente com quem lutar, alguém que possivelmente de forma direta ou indireta, era o culpado por tudo que nos cercava, era o culpado pelo aprisionamento que nos cercava, pela tortura lenta e gradual, pela tortura onde não havia fuga possível para qualquer direção, apenas permanência e morte, uma morte como a da minha mãe: sufocada, presa, coberta pelas cinzas e fuligem, pelas névoas que impediam sua visão e pelo eterno cheiro de ossos que queimava os seus pulmões lentamente. Tinha certeza, no último instante em que vi meu pai antes de partir, que ele teria a mesma morte, a mesma morte que minha mãe teve, deitado na cama, imóvel, ou caído em uma das ruas depois de tentar caminhar, morrendo ali mesmo, sem ninguém para enterrar o seu corpo, já que não havia mais ninguém, ninguém além de mim e o seu amigo, que eu não sabia se ainda estava vivo ou morto, mas tinha quase certeza que estava morto, e que sua morte seria igual à morte de meu pai e de minha mãe, a mesma morte para todos: igual, constante e gradual.

Naquele dia eu vi o rosto de meu pai pela última vez, antes de começar a caminhar pelas ruas na direção que ele havia indicado. Ou seja, caminho correto para a fuga, caminho que me levaria possivelmente para fora da cidade e para fora do país caso eu tivesse sorte, e caso houvesse um modo de sair da cidade e do país, coisa que eu não tinha certeza e muito menos ele. Comecei a caminhar pelas ruas que continuavam iguais, o mesmo cheiro de ossos, as mesmas cinzas e fuligem, a mesma névoa que atrapalhava a visão e cegava meus olhos devido à sua brancura. Continuei caminhando até avistar um ônibus imenso parado no final da última rua indicada, o maior ônibus que eu já havia visto, coberto por uma névoa que passava. Ao redor dele pessoas formavam uma única longa fila na direção que parecia ser a porta, dezenas de pessoas, talvez cinquenta ou sessenta, sendo que em muitos anos não via tantas pessoas reunidas e agrupadas em um mesmo ponto ou rua, todas cobertas também pela névoa e cinzas, todas nubladas e apenas as suas silhuetas visíveis na quase escuridão, mesmo que ainda fosse dia, talvez dez horas ou onze horas da manhã. Depois de entrarem e atravessarem todo o imenso corredor, eles sentavam pelas laterais do ônibus, de costas para mim, como se houvesse no lugar de bancos individuais, um único banco transversal que percorria o ônibus do fundo até à frente colocado na lateral do ônibus. Logo eu pude ver pelas janelas que o outro lado era do mesmo modo, um banco transversal percorria o ônibus do fundo até à frente. Conseguia ver a possível silhueta do que seria o rosto ou a parte da frente do corpo das pessoas que entraram, enquanto continuava caminhando. Avancei sem pensar em fugir, sem pensar em desviar do trajeto até o ônibus e retornar para casa. Imaginei o rosto do meu pai quando me visse retornando, imaginei os seus olhos e a sua decepção, imaginei principalmente a minha morte e os olhos de meu pai que me observavam morrer, ou meus olhos que o observariam morrer diante de mim, isso se eu conseguisse me mover e ficasse ao seu lado, coisa que não consegui fazer quando minha mãe morreu. Imaginei ter que enterrá-lo, imaginei como seria a minha vida depois, a morte que chegaria por tudo que me cercava ou minhas mãos que acabariam com a minha própria vida, minhas mãos que não tremiam ou sentiam frio ou calor, apenas sustentavam o saco que carregava em direção ao ônibus, junto com o meu corpo que também não sentia nada. Antes de me aproximar do ônibus desviei pela esquina e percorri a rua, sem olhar para a fila que estava à minha direita. Segui com a cabeça baixa. Não queria ver ninguém, não queria ver qualquer rosto e não queria que as pessoas na fila me notassem, não queria que eles vissem o meu rosto sem expressão alguma e sem sentimento algum, assim como eu não queria ver os seus rostos que possivelmente eram iguais ao meu. Percorri a fila com os olhos até notar que ela acabava, caminhei ainda mais um pouco pela calçada para depois retornar, atravessar a rua e parar atrás da última pessoa que carregava um saco como o meu, do mesmo tamanho e da mesma cor. Permaneci com a cabeça baixa até ter coragem de levantar os olhos e notar que aquele homem na minha frente tinha os cabelos da mesma cor que os meus, e que sua altura também era igual à minha. Não somente a cor e o tamanho do saco que ele carregava as suas roupas e seus pertences eram iguais ao saco que eu carregava, como a cor do seu cabelo e sua altura também eram iguais às minhas, assim como a cor da sua pele que podia ser vista pela sua nuca. Afastando-me um pouco e virando um pouco o rosto para a direita, olhei para a fila e notei que todos os homens que estavam ali, já que era visível para mim que todos na fila eram homens e não havia mulher alguma, tinham um saco semelhante ao meu, o mesmo corte de cabelo que o meu, a mesma altura que a minha e a mesma cor da pele que a minha. Continuei olhando e notei também que todos tinham os mesmos tipos de roupas e os mesmos tipos de sapatos, que todos tinham as roupas negras e os sapatos negros. Notei, agora sim, sentindo algum espanto, sentindo algo, que todos nós éramos iguais, como se todos os homens que estavam naquela fila tivessem algum parentesco, como se todos fossem irmãos ou primos ou tivessem um parentesco que nos unificava nas roupas que vestíamos ou na aparência física, nos gostos específicos e nos gestos, que eram iguais também em todos, já que todos olhavam para o chão ou para a nuca do homem que estava à sua frente, sem olhar para os lados. Quando a fila começou a andar e dei o primeiro passo, repetindo os gestos de todos os que estavam em minha frente, o passo com a mesma distância e tamanho, imaginei que outro homem surgiria pela esquina, fingiria que não entraria na fila, retornaria, atravessaria a rua e pararia bem atrás de mim. Imaginei que outro homem faria os mesmos gestos que eu havia feito e pararia atrás de mim, olharia para meu corpo e veria o mesmo homem, um espelho, ou alguém extremamente parecido, a ponto de pensar que eu, e todos os outros à frente dele, éramos parentes ou quase parentes, parentes que ele nunca havia conhecido, parentes de sangue, parentes que estavam espalhados e somente agora ele havia encontrado. Mas isso não aconteceu e a fila continuou andando e parando, enquanto um homem na porta do ônibus, um homem que não conseguia ver o rosto devido à porta que cobria a sua cabeça e parte do seu corpo, olhava papéis que o homem no começo da fila entregava a ele, sendo que esse homem que entregava os papéis permanecia de costas para mim, sem virar o rosto por um segundo, sem que eu pudesse ver o seu rosto também. Notei enquanto a fila andava que partes dos sapatos, parte da calça e parte da camisa que eram visíveis no homem que recebia os papéis, eram iguais às minhas, iguais a de todos, apenas o seu gesto era diferente: ele estendia as mãos para receber os papéis, enquanto quem estava na fila estendia a mão para entregar os papéis. Possivelmente aqueles papéis eram documentos. Os retirei do bolso da calça e fiquei segurando, mesmo que ainda estivesse distante para estender as mãos e entregá-los. Uma névoa passou sobre nós, o cheiro de ossos aumentava e diminuía com o vento que aparecia e sumia, as cinzas e a fuligem rodopiavam e caíam sobre nossos rostos. Continuamos a dar pequenos passos iguais e constantes, e naquele momento eu não sentia mais espanto algum, não sentia mais nada. Apenas aguardava a minha vez de erguer o braço, entregar o papel e olhar para o chão, já que era assim que o homem no começo da minha fila estava fazendo. Continuamos por muito tempo. Muitos passos. Erguemos a cabeça e voltamos a olhar para a nuca do homem diante de nós. Já aprendíamos a ter disciplina e força de vontade durante a fila; o que seria ensinado mais adiante, já era ensinado naquele momento. Talvez por isso o homem demorasse tanto para ver os papéis. Estava nos educando, nos transformando, nos tornando em algo que não sabíamos ainda o que éramos exatamente, mas que nos seria benéfico, seria necessário e jamais esqueceríamos. Por isso obedecíamos e não olhávamos para os lados, por isso não falávamos nada, por isso esperávamos que ele demorasse tanto tempo para verificar um simples pedaço de papel sem se importar com esse tempo perdido, com esse tempo desnecessário. Disciplinávamos nosso corpo, aprendíamos a obedecer, aprendíamos a aguardar o tempo correto para que tudo se alinhasse, para que nada saísse de um eixo perfeito, constante e preciso. Nada poderia escapar a partir dali; qualquer detalhe deveria ser observado, cada detalhe deveria ser guardado, qualquer detalhe deveria mover outro eixo e fazer com que a engrenagem mais perfeita que existia, que nada mais era que o nosso próprio corpo, a única coisa que nos pertencia e a única coisa que podíamos controlar completamente, funcionasse e avançasse sobre outras vidas, para que com isso pudéssemos manter a nossa vida, para que a nossa vida pudesse ser mantida e continuasse sempre permanente, deveríamos avançar sobre outras vidas antes que outras avancem sobre a nossa e nos esmaguem e nos torturem e nos tornem monstros antes de morrermos cobertos de cinzas, fuligem, completamente sufocados. Era isso e nada mais o gesto de demora do homem que recebia os bilhetes, as semelhanças de todos os homens na fila, a igualdade de gestos de entrega e recebimento. A engrenagem começava a funcionar com perfeição e estava apenas no início, no maravilhoso início, bem diante dos meus olhos vazios, dos meus olhos sem sentimento algum, dos meus olhos que olharam para o chão quando eu fiquei finalmente diante do homem que receberia os meus papéis. Ergui o braço e estendi os papéis, ele ergueu o braço e pegou os papéis. Não olhei para ele, não olhei para nenhuma parte do seu corpo, contive a respiração, mantive os braços e as pernas unidas até ele devolver meus documentos, encostando o papel no meu braço. Peguei o papel e subi o primeiro degrau, logo sentindo o cheiro concentrado de ossos, o cheiro concentrado de cinzas e fuligem e ossos saindo de todos que estavam dentro do ônibus, inclusive de mim, para ficar preso no ar espesso e abafado. Passei o segundo e o terceiro degraus olhando para o chão, o chão escuro, coberto por um tapete de borracha, ergui o rosto e vi o último lugar vago de um dos bancos transversais, junto com as pernas de outro homem. Caminhei e sentei sem olhar para ele, sem erguer o rosto, a cabeça para o chão, sentei e fiquei olhando para meus sapatos que se mesclavam e quase sumiam no chão de borracha, apertei o meu saco contra a barriga e finalmente voltei a respirar, inalando o ar sujo e parado de dentro do ônibus. Depois de alguns segundos, o barulho da porta batendo enquanto se fechava me assustou, mas continuei com a cabeça baixa. Depois o motor do ônibus foi ligado e o cheiro de gasolina se misturou com todos os cheiros que havia dentro do ônibus e nos sufocou mais ainda. Todos continuaram calados e ninguém tossiu nem falou, ninguém se moveu, ninguém ergueu a cabeça do chão. Começamos a andar. O ônibus sacolejou devido ao peso, passamos a primeira curva lentamente e seguimos pelas ruas que não víamos e nem podíamos ver. Seguimos adiante, atravessamos todas as ruas até que começou a escurecer, lentamente pelo chão de borracha, o último raio de sol vermelho surgindo e sumindo em menos de três segundos. Depois surgiram as luzes sujas dos postes, cobertas pelas névoas. Avançamos até que as luzes dos postes que começavam a iluminar o interior do ônibus, e oscilavam sobre nossas pernas ao longo do chão, sumiram e a escuridão total nos cercou. Não havia nenhum ponto de luz pelo chão e muito menos pelas nossas pernas ou ao nosso redor. Comecei a ouvir pedrinhas batendo no fundo do ônibus, pedrinhas que só poderiam ser de uma estrada de terra. Nesse momento eu fugi da disciplina, fugi da ordem estabelecida pelo silêncio de todos e ergui um pouco a cabeça, virando o rosto para a direita na direção do motorista, quase nada, o suficiente para meus olhos verem que o ônibus seguia pela mesma estrada que durante os meus sonhos eu vi a fábrica da morte, a mesma estrada em que meu pai havia me levado, a mesma estrada onde não havia possibilidade de passar e nem havia como passar, devido à destruição da estrada depois do muro, muro que não havia ainda surgido. Os faróis do ônibus iluminavam a escuridão e as névoas que passavam, além dos dois lados da estrada com a mesma terra escura que havia nos meus sonhos e quando estava com meu pai. Para meu espanto, apesar das névoas, as cinzas e a fuligem, o cheiro de ossos queimados havia diminuído e, enquanto avançávamos, todas as cinzas e fuligem e o cheiro de ossos diminuíam lentamente. Depois de uma névoa, o farol iluminou finalmente a silhueta do muro se projetando para os dois lados da estrada. Logo pensei que não havia fuga, que não haveria passagem, que dali o ônibus retornaria para a cidade e depois retornaríamos para casa e tudo que havia imaginado que aconteceria não aconteceria, todos os meus pensamentos sobre todos os homens que estavam no ônibus seriam desfeitos, assim como o pensamento que já projetava sobre mim mesmo; treinamentos, lutas, batalhas, a vingança pela morte de minha mãe e meu pai e depois a minha própria morte cheia de honra ou, quem sabe, a continuação da minha existência. Mas a minha decepção não se concretizou pela primeira vez na minha vida. Os faróis iluminaram a divisão entre os dois muros onde a estrada avançava e continuava reta e uniforme, sem estar destruída, sem ter sido invadida pela terra encharcada e com milhares de sulcos que impediam qualquer avanço como ela estava no dia em que meu pai tentou escapar e não conseguiu, como no dia em que paramos diante dela e percebemos que estávamos eternamente presos na cidade, que possivelmente jamais sairíamos dela e não havia qualquer outra rota de fuga possível além daquela estrada diante de nós, completamente destruída, onde nenhum tanque ou qualquer outro meio de transporte poderia atravessar, onde nada vivo conseguiria atravessar. Os faróis iluminaram parte dos dois lados do muro que permanecia o mesmo e cresceu diante do ônibus que parecia minúsculo diante dele, completamente pequeno diante dele. Atravessamos a abertura no mesmo ritmo e os faróis iluminaram a estrada que permanecia a mesma, iluminou a terra escura que permanecia a mesma, como se não tivéssemos passado pela abertura e estivéssemos andando em círculos, em círculos que se repetiam e nos levavam ao mesmo ponto de antes de passarmos pela abertura. Mas depois da abertura eu notei que não havia mais o cheiro de ossos queimados, nem mesmo as cinzas e a fuligem. Também não havia mais as névoas que antes passavam sobre o ônibus como se fossem impedir o seu avanço e ocultavam por alguns segundos a estrada. Havia apenas as pedrinhas ritmadas e cada vez maiores batendo sob nossos pés, assim como um vento limpo, um vento limpo que não sentia há muito tempo, entrando pelas janelas e retirando o ar sujo e espesso que nos cobria. Retornei o rosto para a posição anterior, mantendo o cuidado de quando virasse com a cabeça meus olhos não vissem o motorista, que era o mesmo homem que havia pegado nossos papéis. Voltei a olhar para o chão de borracha e tentei ver os meus sapatos sem conseguir vê-los. Meus pés pareciam mesclados ao chão, como se meus pés fossem toda a estrutura que sustentava o ônibus, e ao tentar ver meus sapatos, que eu sentia recobrindo meus pés, junto com o barulho das pedrinhas ritmadas e o vento aliviando a minha respiração, eu comecei a dormir. Fechei os olhos lentamente e dormi como se não estivesse sentado em um banco e dentro de um ônibus em movimento, mas como se estivesse em casa e estivesse deitado na minha cama, a mesma cama de onde eu não consegui me mover quando minha mãe morreu. E assim que eu dormi comecei a sonhar que era o primeiro a saltar do ônibus e pisava em neve, em uma camada de neve espessa e funda que cobriu os meus dois pés que nunca haviam tocado em neve. Ergui meus olhos meio maravilhados por algo que nunca tinha visto, e ao mesmo tempo meio cego devido à luminosidade, vi um homem que estava próximo e em minha frente gritando enquanto apontava para mim. Ele gritava e me chamava pelo meu primeiro nome, como se me conhecesse ou soubesse que eu seria o primeiro a sair do ônibus. Eu tentei me mover e retirar meus pés da neve e caminhar em direção do homem que tinha um rosto parecido com o de meu pai, um rosto muito parecido com o de meu pai, mas não consegui e olhei para baixo, notando que, apesar do meu esforço, não conseguia mover nem um pouco meus pés que pareciam estar presos. E quando ergui meus olhos novamente, agora assustados por estar preso, e não maravilhados como antes, quando tive a primeira visão da neve, vi que o homem caminhava em minha direção, com passos firmes, levantando as pernas bem alto como se ele quisesse me ensinar o modo de caminhar na neve. Acompanhei seus passos e seu corpo que se aproximavam e pensei que, além de me ensinar como eu deveria caminhar naquele terreno que era novo para mim, ele também me ajudaria a sair dali, me ajudaria nos primeiros passos, mas ao invés disso ele se aproximou de mim já com um braço erguido, o braço direito, e me deu um tapa no rosto, fazendo com que eu caísse de lado e de cara na neve. Senti então, pela primeira vez, o frio que se desprendia da neve, o frio que tomou conta do meu rosto enquanto eu tentava respirar e não conseguia, enquanto eu notei que sangrava pelo nariz assim que abri meus olhos, meus olhos que logo depois viram o próprio sangue escorrendo, também pela primeira vez, misturado com a brancura da neve, se fecharam, ardendo, lacrimejando. Eu estava completamente cego e procurava entender qual era meu erro, mas não conseguia achar uma explicação; continuava procurando entender o ato daquele homem, seu motivo, mas mesmo agredido eu não conseguia sentir medo ou ódio daquele homem.

Permaneci com os olhos fechados por um tempo e quando os abri novamente, depois de piscar uma ou duas vezes, eu estava com um rifle na mão, em pé, diante de um morro que estava distante de mim, um morro alto e parcialmente coberto de neve, e sob meus pés havia milhares de cápsulas de balas deflagradas, milhares de cápsulas vazias que estavam ao redor de mim e também ao redor dos meus sapatos, como se eu estivesse atirando ali por algum tempo, como se eu estivesse aumentando o número de cápsulas que já havia naquele ponto de tiro antes que eu começasse a atirar. Olhei para os lados e não vi ninguém, olhei para trás, virando o rosto, e também não vi ninguém, apenas a continuação do chão de terra escura que não tinha fim, com alguns pontos brancos de neve espalhados de forma isolada ao longo do chão. Também não havia nenhum sinal de qualquer pessoa ou edificação, nem mesmo uma árvore, apenas o horizonte e o céu cinza. Olhei para o rifle na minha mão e ele parecia enferrujado ou desgastado pelo tempo, parecia um rifle velho que todos já haviam usado para atirar naquele morro de terra coberto por neve, um morro alto e escuro, como a terra no chão que me cercava. Pensei que devia atirar, já que estava diante daquele morro, já que estava com o rifle, já que estava com cápsulas deflagradas sob meus pés e ao redor dos meus sapatos. Então ergui o rifle na altura dos meus ombros e atirei, e assim que a bala alcançou o morro, a terra sob meus pés começou a tremer, o morro inteiro começou a tremer e a neve que estava sobre ele começou a descer para frente e na minha direção, um monte inteiro de neve em minha direção, direto para mim. Enquanto a terra e o chão sob meus pés tremiam, tentei sair de onde estava, tentei me mover, tentei erguer os pés e sair correndo, mas não consegui porque meus pés estavam presos ao chão, presos sobre as cápsulas, cápsulas que batiam entre si devido ao tremor da terra. Elas batiam e se moviam, deslizando umas sobre as outras, brilhando, mesmo que a luz do dia fosse fraca e quase nula. E quando ergui a cabeça novamente, simplesmente senti o frio envolver meu rosto antes que a avalanche de neve que avançava em minha direção tocasse meus olhos e me cegasse, enquanto eu sentia meu corpo cair e ser arrastado, ser envolvido pela neve e começar a esfriar apenas dois segundos depois de ter sido atingido, um frio que alcançava meus ossos, que passava minha carne e impedia que eu respirasse, congelando o ar dos meus pulmões, o ar que estava cercado também pela neve. Fechei os olhos e fiquei imerso na escuridão. Quando os abri novamente, eu estava diante de um pequeno morro, um morro da minha altura, um morro coberto de neve, assim como tudo ao redor de mim estava coberto de neve, desde o chão até as árvores que balançavam pelo vento e pelo peso da neve, inclusive meu corpo. Notei que havia um rifle nos meus ombros e minhas mãos estavam geladas, tentei fechá-las e não consegui. Olhei ao redor e vi pontos negros difusos e pequenos se movendo pelo chão, distantes de mim. Notei depois de alguns segundos que eram os homens que estavam no ônibus e pareciam gemer, eles erguiam os braços e as pernas e pareciam gritar ou gemer enquanto estavam imersos na neve, quase totalmente cobertos. Não entendia por que gemiam, pareciam que haviam sido atingidos ou estavam feridos por algum motivo que não sabia qual era. Não havia ninguém e nada se mexia a não ser a neve que caía dos galhos das árvores. Continuei parado, sem conseguir mover as mãos e pegar no rifle, me proteger contra um possível ataque, contra as pessoas ou as coisas que feriram os homens que gemiam e se arrastavam na neve, os homens que com certeza foram atacados por algo ou alguém que eu não conseguia ver, mas que estava ali, embaixo da neve, entre as árvores, escondido e à espreita, pronto para me atacar. Tentei novamente fechar minhas mãos e movê-las na direção do rifle, mas não consegui, tentei com todas as forças fechar as mãos e erguê-las do meu colo, mas não consegui. Então o vento cresceu e junto com ele os gritos dos homens cresceram e tocaram meu rosto, gritos terríveis, saindo de cada homem e seguindo junto com o vento até meu rosto, gritos de todas as partes, de todos que gemiam e gritavam. Tentei erguer as minhas mãos para tapar os ouvidos, mas não consegui, tentei erguer as mãos para diminuir o barulho constante e sem um segundo de pausa que me atingia, mas não consegui, não consegui tapar meus ouvidos e parar de escutar o grito que vinha de todos. Fiquei tonto e soltei um gemido abafado e baixo que se misturou aos outros gemidos e gritos que chegavam até mim, e depois fechei os olhos, caindo sobre a neve, caindo sobre a neve que se derreteu e virou água, uma água fria e gelada que congelou o meu rosto do mesmo modo que o gelo, uma água parada e rasa. Quando abri os olhos novamente eu estava fora do ônibus, fora do meu sonho, com o rosto quase imerso em uma poça e com parte do meu corpo apoiado no chão. Havia voltado à realidade. A primeira coisa que vi foi à terra escura diante de meus olhos, a terra escura e lampejos de luz que sumiam e voltavam, sumiam e voltavam, até que ficaram constantes e iluminaram completamente a terra escura que estava diante de mim, pequenos torrões que foram removidos do chão talvez pela minha queda. Ergui o rosto. E enquanto a água da poça escorria, pingando sobre minhas pernas, eu vi o que formava aquela luz, vi o ônibus que pegava fogo, fogos imensos que saíam da parte de dentro do ônibus, passavam a janela e avançavam pela escuridão, avançavam para o teto, quebravam os vidros das janelas que estalavam e caíam ao longo da estrada, vidros partidos e queimados que brilhavam ainda mais quando caíam na terra escura, quando caíam no terreno que cercava a estrada. Não havia ninguém dentro do ônibus, ou pelo menos não parecia haver todos os homens que entraram comigo no mesmo momento que eu. Não conseguia ver ninguém e nenhum trecho de dentro do ônibus, apenas os fogos compactos, labaredas sobre labaredas, nenhum espaço para nada, o fogo alimentando o fogo. Comecei a me perguntar como havia parado ali, como tinha sido arremessado para fora do ônibus que queimava. Olhei para os lados e não vi nenhum homem, não vi ninguém, não havia vestígio de nada vivo além de mim que olhava os fogos e o ônibus que se partia e os ferros que se contorciam e emitiam barulhos agudos e rápidos, os vidros que caíam lentamente e brilhavam já distantes dos fogos, já distantes do ônibus. Me perguntei se estariam todos os homens que entraram no mesmo momento que eu alimentando aquele fogo, estariam todos eles alimentando o maior incêndio que eu já havia visto, estariam todos eles mortos e virando cinzas lentamente diante de mim. Não havia qualquer vestígio de que eles haviam escapado, não havia pegadas pelo chão, não havia nenhum vestígio das roupas que eles usavam ou do saco que carregavam, não havia qualquer vestígio que o ônibus tenha batido em algo, não havia nenhum amassado na lataria do ônibus do lado em que eu estava e havia caído, nem pela metade da parte da frente do ônibus que conseguia ver a partir da minha posição. Tinha certeza de que no outro lado do ônibus também não teria nada, apenas os fogos e os vidros caindo sobre o chão. Continuei sentado. Quem havia queimado o ônibus? Quem havia nos impedido de avançar e fugir? Quem finalmente havia retirado as vidas diretamente das pessoas que partiam para lutar e fugir, sem o uso da tortura lenta e calculada, sem o uso de tudo que nos cercava na cidade, de todas as privações e medos e silêncios? Quem havia finalmente sujado as mãos com sangue, finalmente causado a nossa morte, finalmente nos dado a liberdade através da morte, finalmente a morte onde não deixaria vestígios e nem lembranças, apenas cinzas e mais nada, eu me perguntei, a morte sem enterro, a morte sem culpa, a morte sem remorsos? Eu me perguntei, mas não achei as respostas. Ao invés de uma resposta, notei que sangrava no alto da cabeça, uma gota de sangue escorreu lentamente pela minha testa e alcançou o meu nariz, o meu nariz que começou a ficar quente depois que a água que pingava do meu rosto secou devido ao calor, o calor que saía do ônibus e não parecia diminuir. Os fogos cresciam cada vez maior para todas as direções, cada vez maior e cada vez mais iluminando a escuridão, a terra escura, a terra negra, os meus olhos, as minhas mãos impotentes, o céu da noite sem estrelas, o céu sem nada. Limpei o meu rosto e me afastei, afastei-me do ônibus e comecei a correr na direção em que ele avançava, comecei a correr para a direção da fuga, a direção que não me levaria para a cidade, comecei a correr na direção que me levaria para a morte. A direção que uma hora ou outra, mais cedo ou mais tarde, me alcançaria, a morte e apenas a morte, nenhuma tortura, nenhuma passagem de tempo em desespero, nenhum sufocamento, apenas a morte, a liberdade da morte e apenas ela. Comecei a correr na direção da liberdade pela estrada escura, comecei a correr para a morte assim como os soldados que caminhavam para a morte sem medo, sem temer, assim como os soldados iguais que seguiam pelos barcos iguais e morriam do mesmo modo que os que morreram antes passavam pelas ondas e morriam, caminhavam pela areia e morriam, tentavam enterrar seus mortos e morriam, apenas queria morrer como os soldados que havia matado, já que não poderia mais matar soldado algum, já que não poderia atingir barco algum, já que não poderia mais atravessar as névoas com as balas que brilhavam na quase escuridão que se alongava pelo dia, já que não poderia mais atirar e mover a metralhadora para todas as direções, as balas acabaram e eu mesmo sabendo disso, mesmo sabendo que não poderia continuar atirando, mantive o dedo pressionado no gatilho enquanto o tambor da metralhadora girava e fazia um silvo agudo, um barulho agudo e constante, um som doce e baixo, a última melodia que eu escutaria, eu pensei. Mas eu estava enganado, pois ainda escutaria milhares de sons de tudo e todos que se moviam em minha direção, bem rápidos, precisos, organizados, aos milhares. Retirei a metralhadora da sua base, encostei-a na parede e ergui minhas mãos que tremiam.

9.

Ergui as mãos que tremiam e apenas vi a movimentação dos soldados e dos barcos, a movimentação das ondas e do mar que já havia coberto quase todo o longo trecho da praia formado pela areia e ainda continuava avançando, quase chegando à encosta, deixando apenas um pequeno trecho de areia livre. Os soldados caminhavam com água pelo joelho, caminhavam na água vermelha e suja, a água que empurrava todos os corpos que atingi e que começavam a ser recolhidos, dez ou vinte soldados recolhiam esses corpos, os carregavam e formavam um monte humano de todos os soldados mortos por mim, um monte imenso, setenta ou oitenta corpos já amontoados, enquanto outros soldados cavavam um buraco largo e comprido para caber todos aqueles corpos, ao lado desse monte. Os aviões rodopiavam pelos céus e haviam parado de jogar bombas ao longo da encosta, apenas voavam e não atingiam toda a encosta onde havia outros soldados do meu exército. Os soldados inimigos já haviam tomado toda encosta que avançava e se perdia no horizonte à minha direita. Conseguia ver os soldados com a mesma farda que a minha cercados pelos inimigos que pareciam interrogá-los. Eles apontavam para os corpos que estavam no chão e voltavam a falar com o soldado que eu não conseguia ver o rosto. Alguns soldados já recolhiam e formavam alguns montes que pareciam pequenos perto do meu, perto das mortes que criei, assim como a água e a quantidade de soldados e barcos inimigos também pareciam estar em menor quantidade ao longo das outras praias. Continuei observando e esperando que eles viessem me buscar, que me levassem para o interrogatório que seria breve e rápido, e que me levassem depois para a minha sentença, a minha morte da forma mais rápida possível, a morte sem dor, perda de tempo e tortura, a mesma morte que espalhei em nove ou dez horas ou onze horas em que fiquei atirando sem parar, sem descansar, sem me mover do local de onde estava. Nove horas ininterruptas em que fiz sangrar todos que avançavam em minha direção, em que tentei destruir e impedir o avanço de tudo e todos sem parar, sem me mover, sem enxergar mais nada além de alvos que se moviam e queriam me destruir. Abaixei as mãos que ficaram dormentes enquanto as deixei para o alto. Olhei para elas e não havia uma gota de sangue, apenas restos de pólvora, restos de graxa, restos que depois podiam ser lavadas facilmente com sabão e água caso eu fosse um homem. Mas eu era um homem, eu pensei, apenas lutei pela minha vida, em minhas mãos só havia trabalho de nove horas ininterruptas, nove horas de trabalho sem descanso, noves horas em que apenas lutei pela minha vida e venci, me mantive vivo, atirei da primeira à última vida em alvos que se moviam para a minha destruição. E o que outro homem faria, eu me perguntei, e o que outro homem faria além de atirar sem parar diante de tudo que lhe cercava? O que outro homem faria caso tivesse o mesmo passado que o meu? Não faria o mesmo? Não atiraria sem parar por um segundo diante de todos que avançavam em sua direção com qualquer arma que estivesse diante de si? O que outro homem faria em minha situação além espalhar por suas mãos apenas graxa e pólvora? O que outro homem faria além de lutar por sua vida que estava ameaçada por pessoas que talvez não fossem os reais culpados e nem merecessem aquela sentença, talvez não fossem os reais inimigos que deveriam ser mortos, mas o que um homem faria além de atirar diante de tudo que ameaçava a sua vida, mesmo que tudo e todos que lhe cercavam não fossem os reais culpados? O que um homem faria além de imitar meus gestos, imitar minhas horas de destruição, lembrar da sua vida até ali enquanto lutava por sua vida de forma mecânica, as suas mãos transformadas em máquinas guiando outras máquinas de destruição, o que outro homem faria além disso e apenas isso, lutar por sua vida? O que outro homem faria além disso? Enquanto olhava para minhas mãos puras, mãos que lutaram por minha vida, unicamente por minha vida, que lutaram pelo próximo segundo de respiração dos meus pulmões e o próximo segundo de vida que jamais cessava, nunca terminava, mesmo que o ar fosse aquele ar sujo, aquele ar pegajoso e fedendo à destruição, com os cheiros de pólvora, graxa, sangue e mar completamente misturados. Continuei olhando para minhas mãos sujas de graxa e pólvora, apenas isso, graxa e pólvora, nenhum gota de sangue, nenhuma gota de sangue de alguém inocente, nenhuma gota de sangue de alguém que não merecia realmente morrer, já que essas pessoas avançavam para me matar e me destruir. Ergui a cabeça e vi que três soldados se aproximavam. Subiam a encosta e vinham em minha direção. Fumavam e olhavam para o terreno em que eu estava. Paravam de andar e giravam os corpos olhando para a praia, apontando para direções distantes ou próximas, medindo e calculando, depois giravam o corpo novamente e voltavam a apontar para o local em que eu estava. Apenas meus olhos cheios de medo acompanhavam tudo pela abertura. Ainda não conseguiam perceber que eu estava ali, que o homem que construiu todo aquele espetáculo de destruição, espetáculo que eles calculavam e mediam, estava ali, cheio de medo, cheio de medo nos olhos, cheio de medo pelo corpo inteiro. E nesse instante minhas mãos começaram a tremer. Pela primeira vez depois de nove horas elas começaram a tremer, talvez tenham tremido antes desse momento, mas eu não me lembrava de nada naquele instante, assim como eu não tinha mais lembrança alguma sobre o meu passado, apenas daquelas nove horas, a única coisa que lembrava naquele instante eram das nove horas que passei atirando e nada mais, nesse momento minhas mãos começaram a tremer enquanto via a aproximação dos três soldados e não consegui lembrar nada além das nove horas em que desenvolvi aquele espetáculo de morte e destruição. Eles se aproximaram um pouco pela encosta e pararam diante do local em que eu estava, diante do meu esconderijo, pararam e giraram o corpo na direção da praia, apontando direções, mostrando que possivelmente todos os soldados foram atingidos de alguma parte ou trecho daquele lado da encosta. Voltaram a girar o corpo e apontaram para os trechos ao lado do local onde eu estava. Não apontaram para o local onde eu estava, erguiam os braços e pulavam o trecho onde eu estava, como se o trecho onde eu estava, possivelmente, fosse tão óbvio que eles não conseguissem enxergar e descartassem a possibilidade de ali haver uma metralhadora e um homem que fora o causador de tudo que estava espalhado e morto pela praia. Eu não conseguia entender em que língua eles conversavam. Era uma língua desconhecida, logo não entendia o que eles falavam e apenas tentava entender os seus gestos e movimentos. Pareciam cansados e entediados, sem sofrimento algum pelos corpos que estavam espalhados pela praia e os pertencia, mas também não demonstravam alegria por terem dominado a encosta, por terem dominado a praia inteira depois de todas as mortes dos corpos que lhes pertenciam. Ficaram parados por um instante sem apontar para direção alguma, acenderam cigarros, fumaram, expeliram a fumaça com força contra o vento, mexeram nos bolsos das calças e blusas, olharam seus rifles e se certificaram que havia balas engatilhadas. Nesse momento eu pisquei os olhos por dois ou três segundos devido à claridade e quando os abri novamente um dos homens apontava o seu rifle diretamente para mim, diretamente para meus olhos, enquanto gritava possivelmente para que os outros se virassem, já que os outros dois olhavam na direção da praia. Pisquei novamente os olhos e os outros dois soldados apontavam os seus rifles e caminhavam em minha direção, gritando e gesticulando. Um deles começou a correr como se quisesse contornar o local em que eu estava, possivelmente com medo que eu fugisse pelos fundos, pelo pequeno buraco que era a entrada do forte. Pisquei os olhos novamente e vi apenas um dos homens que apontava o seu rifle para meus olhos, o seu rosto oculto pela claridade que batia nas suas costas, conseguia ver apenas as suas pernas e o cano do rifle. Então, o pequeno pedaço de aço que servia para fechar o buraco foi aberto e um dos soldados gritou pela abertura, gritou na língua que eles falavam, mas que possivelmente queria dizer para eu sair, uma ordem de saída pela abertura que servia como entrada do forte. Pisquei os olhos enquanto levantava e depois me virei. Com as mãos erguidas, caminhei até o buraco e sustentei com a mão direita a barra de aço da abertura, impulsionando o meu corpo para fora, que foi logo puxado pela camisa por um dos soldados enquanto meus olhos estranharam a claridade e se fecharam, enquanto meu rosto estranhava o roçar do vento sobre a minha cabeça. Ainda sustentando meu braço, o soldado me ergueu do chão. Eu tentei abrir meus olhos, mas não consegui, a claridade me cegou novamente. Apenas vi em menos de um segundo dois rostos, duas bocas que falavam e um braço erguido, o braço do soldado que estava mais distante. O soldado que estava mais distante falou algo para o soldado que me segurava e esse respondeu baixo e com respeito, depois começou a me empurrar ainda segurando o meu braço. Tropecei nas pedras e no chão, estranhei ter que andar depois de tanto tempo parado e quase imóvel, caminhamos um trecho que parecia curto, mas que demorou para ser atravessado. Depois o soldado largou o meu braço e pegando no meu ombro me impulsionou para baixo, eu dobrei as pernas e sentei no chão, ainda levemente cego, sem conseguir abrir direito os olhos. Tentei novamente enxergar algo e vi apenas um imenso espaço vazio e claro, nada que formasse sombras ou fosse sólido diante de mim, nada que conseguisse enxergar com perfeita definição. O vento novamente roçou o meu rosto, senti o cheiro de sangue e pólvora espalhado pela praia, o barulho dos barcos que avançavam, o barulho das ondas quebrando na praia e avançando pela areia, ouvi passos que se espalhavam próximos a mim, passos distantes, milhares de passos em água e areia, vozes distantes e próximas, todas as vozes vivas e numa língua que eu não conhecia. Ouvi risos baixos, gritos de alegria distantes, os soldados mais distantes comemoravam a vitória sobre mim, a tomada da encosta, a vitória mesmo depois de tantas mortes, a vitória que já era deles antes que atacássemos, antes que eu atacasse, antes que eu chegasse à praia, antes que eu pegasse pela primeira vez na metralhadora, antes que seguisse o exército que eu encontrei na estrada depois de fugir do horror do ônibus que havia me levado até ali, o exército que simbolizava a raiva e o ódio presente no nosso país, o exército que marchou pela estrada e ao qual me uni porque não havia como fugir. Marchei com eles até a praia e eles me deram um uniforme como o deles, igual ao deles, colocaram meu nome no uniforme, costuraram meu nome no uniforme e depois me deram botas, me deram o forte e a metralhadora, um exército cheio de ódio e fracasso antes que começasse a luta, um exército que apenas queria destruir tudo diante de si, já que haviam nos destruído e nos torturado por anos, o exército que queria se vingar do mundo inteiro e não somente dos reais culpados, mas do mundo inteiro, como se o mundo inteiro fosse culpado pelo que nos havia ocorrido, como se o mundo inteiro merecesse a morte, a destruição e não somente os culpados pela tortura de anos e anos que sofremos, toda a humilhação e desespero que sofremos por anos, segui aquele exército que me encaminhou para a destruição e para a morte, que me encaminhou para gerar a morte e a destruição em pessoas que eu nem mesmo sabia se eram os reais culpados, se mereciam morrer, se mereciam a vingança por terem me transformado no que eu era naquele momento, uma máquina de matar, uma máquina de destruição, uma máquina que continuaria caso as balas não houvessem acabado, continuaria atirando até desmaiar, até meu corpo não aguentar mais em pé, até meu corpo ser vencido pelo cansaço e pelo sono, ou até meu corpo morrer e tombar sobre a metralhadora, a metralhadora que me vingava, que me mantinha vivo, que me mantinha respirando até aquele momento e até mesmo hoje e agora, sentindo e ouvindo tudo que me cercava, mesmo cego, mesmo sem conseguir enxergar quase nada, apenas sombras, sombras vivas e que gritavam e falavam e comemoravam a vitória sobre mim, que comemoravam a minha possível morte, a morte de quem realmente merecia morrer. Pisquei os olhos novamente e a minha visão havia retornado inteira e completa. Conseguia ver tudo que havia diante de mim, toda a praia e tudo que havia ali, pisquei novamente os olhos e quando os abri eu vi um dos soldados que me tiraram do forte com a minha metralhadora em suas mãos. Ele apontava para mim com a mão e para a praia enquanto gritava algo, como se pedisse para eu confirmar tudo o que havia feito, que havia atirado com a metralhadora e matado todos os soldados que se elevavam em um monte eterno de corpos, e eu disse que sim, disse que sim com a voz baixa e estranhei o som da minha voz depois de horas sem falar, disse sim e balancei a cabeça, disse sim por quatro vezes na minha língua enquanto balançava a cabeça por quatro vezes e apontava para a praia e para a metralhadora, apontava para a praia e para a metralhadora fazendo uma ligação entre as duas coisas através dos meus gestos. Não conseguia ver o rosto dos três, a claridade batia nas costas deles. Mesmo a claridade sendo quase nada, não conseguia ver o rosto dos três que tanto queria ver, a reação que possivelmente haveria nos rostos dos três e que me foi negada pela claridade, a reação de ódio e repulsa pelo que eu havia feito, ou a reação de admiração e respeito pelo que eu havia feito, mesmo que eles tentassem negar e esconder de mim eu conseguiria interpretar nos rostos dos três algo que iria surgir de forma espontânea. Eles começaram a conversar, eu abaixei a cabeça e pisquei os olhos. Quando os abri novamente e ergui a cabeça, dois deles tinham sumido, apenas um permaneceu ao meu lado, um pouco afastado e com a metralhadora nas mãos, afastado como se temesse e respeitasse ou sentisse repulsa da minha presença. Consegui ver os outros dois que caminhavam entre os corpos e conversavam com outro soldado ou um oficial, não sei distinguir, nunca soube distinguir pelo fardamento, todas as fardas pareciam iguais, os dois soldados conversavam com um homem mais gordo e alto, mas que também não conseguia ver o rosto devido à claridade. Os três começaram a subir a encosta. Olhei pela última vez a minha metralhadora e notei que ela tinha uma cor esverdeada, não possuía uma cor escura de ferro ou aço, a cor dela era verde claro, um verde claro com algumas manchas de graxa e pólvora que deveriam ter se formado enquanto atirava. Olhei para ela até o momento em que os três chegaram e suas sombras atingiram minhas pernas. Eles começaram a conversar e apontar para mim e para a metralhadora, que permaneceu na mão do soldado que havia se aproximado e também havia projetado sua sombra sobre mim. Depois começaram a apontar para a metralhadora e para a praia e para mim ao mesmo tempo e sem muita ordem. O homem mais gordo e mais alto parecia realmente um oficial, a voz dos outros três soldados estavam mais baixas do que quando falavam entre si. Novamente eu não consegui ver o rosto de nenhum deles, tentei, mas não consegui. Conversaram com as vozes sempre brandas, nunca alteradas ou comovidas. O vento soprou, outra névoa passou sobre a praia e sobre nós, ficamos escondidos na brancura por alguns segundos e depois todos surgiram novamente. O mar nesse instante cresceu e invadiu o trecho completo de areia, chegando até a encosta. As ondas quebravam na distância e formavam tubos de água, depois espumas se alongavam e empurravam a areia manchada de vermelho, que ainda possuía alguns pontos brancos da areia que não fora atingida pelo sangue. A areia antes dos barcos chegarem eram brancas, havia me esquecido desse detalhe, brancas e alvas como as névoas. Até que eles fizeram um silêncio que durou cerca de três segundos, três segundos que ouvi realmente a força do mar pela primeira vez, o mar que nunca havia escutado: forte, imenso, como um rugido constante e eterno, até que um dos soldados me pegou pelo braço e me puxou para o alto, eu levantei e fiquei parado, o soldado largou meu braço e gritou algo enquanto apontava o seu rifle para um caminho aberto que passava pelo meu forte e seguia como uma pequena estrada no alto da encosta. Comecei a andar com a cabeça baixa. O soldado que gritou ficou atrás de mim e o soldado que carregava minha metralhadora ao meu lado, o oficial e o outro soldado seguiam à minha frente e as sombras das suas cabeças quase chegavam aos meus pés. Pisquei os olhos e quando os abri ao mesmo tempo em que levantava a cabeça, eu vi as costas do oficial e do soldado. Depois deles, uma fila de soldados do meu exército que entravam em uma estrutura fechada, quadrada e alta, presa em um caminhão que estava parado no ponto mais alto da encosta. Em volta dos soldados do meu exército havia um grupo de soldados com rifles, talvez dez ou vinte, que conduzia todos para dentro. Continuamos no mesmo ritmo, sem pressa, todos andando bem devagar. O mar rugia. As névoas passavam sobre a praia e sobre os corpos vivos e mortos, sobre a água vermelha e negra. Outros soldados interrogavam soldados inimigos nas encostas, as espumas das ondas brilhavam mesmo sem luz e na quase escuridão. Chegamos à fila. O soldado que gritou para que eu levantasse me empurrou com a ponta do rifle encostado nos meus ombros, fiquei atrás do soldado do mesmo exército que o meu e observei a sua nuca, as suas roupas, a cor da sua pele igual a minha, todas as características iguais, apenas algumas manchas de sangue estavam espalhadas por sua mão ferida e coberta por um pano. Mantive a cabeça baixa, não fiz movimento algum para olhar os outros soldados, não olhei para os soldados que estavam ao nosso redor e apenas nos observavam e não falavam nada. A fila andou rápida, logo estava sobre os degraus, levantei o rosto e penetrei na escuridão abafada da estrutura, entrei e dei dois passos até sentar em um banco que era iluminado pela porta que ainda estava aberta. Eu era o último homem a entrar, não havia mais ninguém atrás de mim. Um soldado fechou a porta batendo com força, ouvimos o barulho do cadeado e o molho de chaves abafado e distante. Dentro da estrutura não havia janela, estávamos na escuridão total, sem ar nenhum. Os soldados respiravam forte e logo começou a esquentar. Outra tortura, eu pensei, outra tortura antes da sentença de morte, outra longa tortura e humilhação. O motor do ônibus foi ligado, ouvimos o barulho também distante, distante e abafado por alguns segundos. Depois ele sumiu completamente. Começamos a andar. A estrutura balançava e o soldado que estava ao meu lado era jogado sobre mim e depois se afastava. Eu cruzei os braços e coloquei o peso do meu corpo nas pernas e me projetei um pouco para frente. Avançamos. Cada vez mais quente, cada vez mais abafado, alguns começaram a tossir. Fechei os olhos. Quando estava quase dormindo, dois soldados começaram a conversar, não sei se estavam próximos ou perto. Um deles perguntou para o outro quantos ele havia matado, o outro disse que vinte; "Muito pouco." "Quantos soldados você matou?" "Cinquenta, eu acho." "É um número bom." "Eu soube que um dos nossos matou três mil ou mais de três mil deles. Eu sei a língua deles, por isso consegui compreender. Eles até deram um apelido para ele, o chamaram de 'A besta de Omar'. Consegui ver os rostos deles, pareciam respeitar e temer esse nosso camarada, pareciam respeitar o seu feito de ter matado três mil soldados em quase dez horas de confronto, faziam cálculos e se perguntavam que arma ele teria usado. Eles não sabiam desse detalhe." "Que arma ele poderia ter usado?" "Não sei, talvez uma metralhadora, não sei. Pelo que eu saiba não possuímos metralhadora. Aliás, nunca vi uma." "Eu também nunca vi uma, mas já ouvi falar uma vez no treinamento." Eles se calaram, eu sorri no escuro. Voltaram a conversar. "Você acha que seremos mortos?" "Possivelmente." "Nem seremos julgados?" "Possivelmente, não." Outra pessoa começou a falar. "Caso eles quisessem nos matar, já teriam nos matado. Não se preocupem. Possivelmente ficaremos presos por alguns anos, depois seremos libertos. Não fizemos nada de mais, apenas crimes de guerra, não matamos ninguém inocente e desarmado. Pelo menos eu não. E vocês?" "Não." "Não." Ficaram calados. Voltei a sorrir. Depois de alguns segundos voltaram a falar. "Mas dizem que milhares de pessoas inocentes estão morrendo, eu ouvi essa conversa entre os soldados depois que falaram sobre o nosso soldado." "Sim, mas quem são os assassinos? Nós?" "Não sei, possivelmente eles estavam falando de nós." "Eu não tenho essa informação." "Eu também não tenho." O ônibus parou de andar e os três soldados se calaram. Voltamos a andar e começamos a descer o que parecia ser uma ladeira. O meu corpo se projetou para o soldado que estava ao meu lado direito, depois voltamos a andar reto e em algum chão mais macio, já que a estrutura não balançava tanto e nem pulava. Abri os olhos na esperança de ver em que parte do ônibus os três soldados estavam, se perto ou longe, mas vi apenas a escuridão diante dos meus olhos, a escuridão e silhuetas escuras, mais negras que a escuridão, dos soldados que balançavam calados e mudos. Fechei os olhos novamente. E antes de começar a dormir com um sorriso na boca, um imenso sorriso perdido na escuridão, eu consegui escutar o rugido do mar, o rugido do mar bem próximo, quase nos meus ouvidos, como se estivesse diante do meu rosto, como se ele pudesse atravessar a estrutura e chegar até mim, imenso, longo, constante, avançando sobre tudo, avançando até chegar para mim limpo, longo, constante, imenso. Infinito.

pólen soft 80 gr/m2
tipologia calisto mt
impresso no outono de 2021